皇子に転生して
魔法研
たら
JN043372
なんじゃもんじゃ
画ー卵の黄身

CONTENTS

Presented by Nanjamonja
Illustrated by Tamago no kimi

ソーサー・ベルグ
ゼノキア私設騎士団所属→帝国騎士団副団長筆頭
ゼノキアに忠誠を誓う有能な騎士のひとり。元々帝国騎士団員であった。実直で正義感が強く、明るい性格。
メイゾン
ゼノキアの屋敷のメイド精霊
ゼノキアが選んだ屋敷に存在していた屋敷妖精。長年空き家で力を失っていたが、ゼノキアが居住すると姿を顕現出来るようになる。命名者はゼノキア。

「ありがたき幸せ、
我が生きざまをご照覧《しょうらん》ください」

好悪の感情が満ち、無数の思惑が渦巻く謁見の間…。
帝国第二皇子・ゼノキアが一気に次期皇帝候補の親王に立てられる――。
「汝《なんじ》、ゼノキア・フォンステルトに
第二の名、アーデンを与える。
ゼノキア・アーデン・フォンステルトよ、
我がフォンケルメ帝国の親王として
民《たみ》の模範となり、誰にも恥じぬことのない
生きかたを朕《ちん》に見せよ」

ダッシュエックス文庫

皇子に転生して魔法研究者してたら
みんながリスペクトしてくるんだが？

なんじゃもんじゃ

一章　転生

　気がつくと見たこともない部屋に寝ていた。ここがどこなのかと体を動かそうとしたが、体が思うように動かない。俺はいったいどうしてしまったのだろうか？

「あうぅふ……」

　誰かを呼ぼうと思って声を出したが、言葉にならない。これではまるで赤ん坊のようだと思っていたら、誰かが部屋に入ってきた。

　質のよさそうなドレスを着た金髪の十代後半に見える美しい女性と、メイド服を着た三人の女性だ。

「坊や、起きたのね」

　そう言うと美しい女性は俺を抱き上げた。おかしい、俺はこんな非力そうで華奢《きゃしゃ》な女性が簡単に抱き上げられるほど軽くないはずだ。

　よく見ると、俺の手はまるで赤ん坊のように小さく、マシュマロのように柔らかそうだ。

　そんな俺を抱いている美しい女性は、俺のことを「坊や」と言った……。これはまさか、俺は赤ん坊になってしまったのだろうか？

俺はたしか……そうだ、戦場で魔法の集中砲火を浴びて……俺は死んでしまったはずなのに、なんで赤子の体になっているんだ？　分からない……。

そこでまた誰かが部屋に入ってきた。今度は五〇歳くらいの渋い顔の男性だ。

「アーマル、男の子だそうだな」

「はい、陛下。坊やに名をつけてあげてください」

陛下だと？　すると、このロマンスグレーの髪がよく似合う五十代の人物が国王か皇帝なのか？

この陛下と呼ばれた人物は、俺の祖父なのだろうか？

「我が子の顔を見せてくれ」

我が子ってことは、この美しい女性が母親でこの男性が父親というわけか。

随分《ずいぶん》と年が離れている。まあ、若い女性が国王や皇帝の妃《きさき》や側妃《そくひ》になることはよくあることだから何も珍しいことはない。

「うむ、賢そうな顔をしている。ゼノキアと名づけよう。ゼノキア・フォンステルトだ」

「陛下、ありがとうございます」

今、フォンステルトと言ったのか？　……そうか、フォンステルトか。俺は自分の子孫の子として生まれたようだ。

ここで俺は眠たくなり眠りについた。

寝てばかりの生活なので時間経過を正確に把握していないが、俺が生まれ変わってから数日がたったと思う。

今の俺はゼノキア・フォンステルトという赤ん坊で、寝て、母乳を飲んで、垂れ流しての繰り返しだ。まさかこの俺が母乳を飲む羽目になるとは思ってもみなかった。

「はぅ……あうあう……（はぁ……暇《ひま》だな……）」

両親にはあの日以来会っていないが、俺の面倒は執事と乳母《うば》と侍女《じじょ》が見るので生活に不便はない。んなわけないだろ！　体が動かせないんだから不便だらけだよ！


三カ月ほど月日が過ぎ、俺もやっと今の状況を受け入れられるようになった。

母親はあれから五、六回ほど会いに来たが、父親である皇帝とは会っていない。

俺は主《おも》に乳母のカルミナ子爵夫人と侍女たちと過ごしていて、そこに執事が交ざる感じだ。

そんなある日、何か背筋がぞわぞわして目を覚ました。闇の中なのではっきりとは見えないが、ベッドの横に誰かが立っていて俺を見下ろしているのが分かった。

寝ていたこともあってすぐに暗闇に慣れた俺の目は、明らかに怪《あや》しい人物がいるのを認識したのだ。

その人物は暗闇に溶け込むような真っ黒な服に黒い頭巾《ずきん》を被《かぶ》っていて、目だけが鋭く光っている。この人物が俺を殺すか誘拐するために現れたのだと、すぐに考えついた。

「ふぎゃぁぁぁっ！」

俺にできることは大きな泣き声で使用人たちを呼ぶことだ。腹の底から大きな声を出した。

「ちっ!?」

黒装束《くろしょうぞく》の人物が舌打ちしたように聞こえたが、構わず泣き続ける。

「ゼノキア様、どうかされましたか？　つっ!?」

俺の声で起きてきた侍女の喉《のど》に短剣が突き刺さった！

「ふぎゃぁぁぁっ!?　（何しやがるんだ!?）」

侍女の目から生気が失せていき、その場にへたり込むように倒れるのが見えた。

黒装束の人物は俺にも短剣を向けた。

「ふぎゃぁぁぁっ！　（おい、誰か助けろっ！）」

短剣が俺に振り下ろされる。俺はここで死ぬのか？　俺が何をしたっていうのだ!?　死ぬなんて嫌だ、せっかくこの体に転生したのに、また死ぬなんてごめんだっ！

目の前に短剣の切っ先が迫る。嫌だ！　死にたくないっ!?

その時、何が起きたか分からなかったが、暴風のようなすさまじい力が荒れくるい、黒装束の人物が吹き飛んだ。

部屋の中で嵐が巻き起こったかのように、家具や調度品、そして黒装束の人物が部屋の中をぐるぐると回り、床に叩きつけられる。

「ふぎゃ？　（どうしたんだ？）」

だだだと足音がして扉が開かれた。

「「ゼノキア様!?」」

寝間着姿のカルミナ子爵夫人や執事、それにもう一人の侍女が現れた。今の大きな音で飛び起きてやってきたのだろう。

「「っ!?」」

三人は部屋の中の荒れように一瞬顔を強張《こわば》らせたが、すぐにカルミナ子爵夫人が走り寄ってきて俺の姿を確認して抱き上げた。

「よかった。ゼノキア様はご無事です!」

執事が気絶している黒装束の人物を取り押さえ、侍女が倒れている同僚を確認して首を左右に振った。

その後、騎士たちがやってきて騒々しくなった。

しかし、あの暴風のような現象はなんだったのだろうか?　俺自身は特に何もなかったが、黒装束の人物は吹き飛び部屋はめちゃくちゃだ。

もしかして、あれは俺がやったのか?　でも、俺に何かをしたという意識はないんだが……。

あの黒装束の人物が忍び込んできた日から数日がたった。あの人物が刺客《しかく》なのは間違いないが、捕縛された刺客がどうなったのかは分からない。赤ん坊の俺に、ことの顛末《てんまつ》を話して聞かせる大人はいないからな。

あの日以来、昼夜を問わず俺の部屋の中には常に二人の騎士がいるようになった。俺に会いに来ない皇帝も、さすがに俺が殺されては寝覚めが悪いようだ。

「ふわぁ……」

眠たくなってきた。意識が遠のいていく……。


俺が生まれ変わって一年がたとうとしている。この頃になると俺もつかまり立ちくらいはできるし、部屋の中を足をがくぶるさせながら移動できるようになった。

「ゼノキア様ったら、またお散歩ですか？」

「あうー」

部屋の中だけでは面白くないので乳母のカルミナ子爵夫人に散歩に連れていけとせがむと、俺を抱きかかえてカルミナ子爵夫人は部屋を出ていく。その際には侍女と騎士もそれぞれ二人ついてくる。

俺が住むのは帝城《ていじょう》の一角にある後宮《こうきゅう》だ。

後宮というのは皇帝やその妃たちが住むエリアで、男性は入ることができない。だから、この後宮には騎士であっても男性はいなくて、女性ばかりがいるのだ。

ただし、例外もいる。それは宦官《かんがん》だ。宦官は男性器を切り落とした男性なので、宦官だけは後宮に出入りができる。あれがないのだから女性とあれができないわけだ。

ちなみに俺の執事も宦官から選ばれている。

俺も男子なのでこの後宮に住めるのは五歳までだ。五歳を過ぎると屋敷が与えられて、そこで暮らすことになる。

皇帝に気に入られれば帝城の中、そうでなければ帝城の外の屋敷だな。

どの道、皇帝は俺に会いに来ないし、母親は月に二、三回しか顔を見せに来ないのだから帝城の中の屋敷は期待はできそうもない。

まあ、帝城の中だろうが、外だろうが、俺にはどうでもいいことだ。すでに成人した皇太子もいることから、第一一皇子《おうじ》である俺に帝位は遠い。だったら、皇帝にはできないようなことを好きにやらせてもらう。今回の人生を楽しく送ってやろうじゃないか。

好き勝手に生きるにはどんなことでもいいが、特技が必要だ。あの日以来、俺はあの時の力がなんだったのかを考えている。

あれの正体は今でも不明だが、仮定として魔力の暴走ではないかと思っている。刺客を弾《はじ》き飛ばして部屋の中を破壊したことを考えれば、俺が魔力を放出した可能性が一番高いのだ。詠唱もなく魔法を放つことはできないので、魔力の暴走ということで落ちついている。


俺は帝国暦五五二年三月二〇日生まれで、今日は帝国暦五五三年三月二〇日。つまり、俺の一歳の誕生日だ。

かつての俺の記憶には帝国暦というものはなかったが、どうやら俺はかなり長い時間を飛び越えて転生してしまったようだ。この帝国暦というのは、俺の生まれたこのフォンケルメ帝国が建国された年を帝国元年としている。

俺の記憶にこのフォンケルメ帝国はないので、俺は帝国が建国される以前の時代からやってきたと思っていたが、どうも違ったようだ。

このフォンケルメ帝国は初代君主であるトーマス・ガラン・フォンステルトが即位し、建国した年が暦《こよみ》の元年になる。

俺の知っているトーマス・ガラン・フォンステルトは大王を称していたが、五代目の時に皇帝を名乗ることになって、初代にまで遡《さかのぼ》って皇帝としたらしい。

現在の帝国は三代目の時に最大の領地を獲得したが、その頃とほとんど変わらない地域を支配している大国だ。

そして、その三代目というのがかつての俺である。

あの頃はイケイケで、戦場では先頭に立って戦っていた。おかげで魔法の集中砲火を浴びて死んでしまい、この体に転生することになった。俺の前世は俺のご先祖様ってわけで、なんだか混乱してしまう。

さてと……。ここで、少しだけフォンケルメ帝国の歴史に触れておこうか。

前世の俺の祖父《じい》さん、つまり初代皇帝のトーマス・ガラン・フォンステルトは辺境の小国の王子として生まれた。王国とは名ばかりで隣の大国の属国のような、吹けば飛ぶような国だった。

トーマスは一八歳の頃に兄を退《しりぞ》け王位に就《つ》いた。そのことが宗主国の気に障《さわ》ったようですぐに退位させられてしまうが、それに怒ったトーマスは宗主国に反旗を翻《ひるがえ》した。

その後は三〇年にも及ぶ宗主国との抗争を繰り広げ、トーマスは宗主国を滅ぼした。その時に、このフォンケルメ帝国の前身であるフォンケルメ大王国を建国したのだ。その建国を宣言した日が帝国元年になっている。

トーマスは建国後五年で息子のバルカンに大王位を譲った。だが、バルカンの大王在位は七年で終焉《しゅうえん》を迎えた。流行《はや》り病《やまい》でぽっくり逝《い》ってしまったのだ。そしてその跡を継いだのが、前世の俺だ。

俺はトーマスの後見を受けて大王として戦場を駆けた。俺の生涯はほぼ戦場にあると言っても過言ではない。

俺が大王位について一二年目にトーマスが逝った。七二歳まで生きたんだから、まあ大往生《だいおうじょう》だろう。その頃の俺は、すでに戦場で実績を積んでいて国土を倍近くにまでしていた。だからトーマスが逝っても、俺に反抗する勢力は現れなかった。

俺は大王在位三二年で国土を三倍にして、最後は戦場で魔法の集中砲火を浴びて爆死した。いやー、あの頃は自分が不死身だと勘違いしていた。だから、今世では慎重に好き勝手生きようと思う。

さて、俺は生まれてすぐに刺客に襲われたわけだが、その刺客を退けたあの力が魔力だと考えている。違うかもしれないが、魔力だと仮定して話を進める。仮定したら後は俺自身でそれを証明するだけだ。

魔法は詠唱をすることで発動する。魔法には適性があって、その適性がないと魔法は発動しないと言われているが、それは間違った認識だ。

適性のない属性でも魔法を発動することができるが、適性がないとかなり多くの魔力を消費するので魔力不足になって発動しないというからくりである。

それは、生活魔法と言われる魔法が誰にでも操れることを考えれば、理解できることだ。なぜなら、生活魔法には着火（火属性）、湧き水（水属性）、微風（風属性）、穴掘り（土属性）などの各属性があるからだ。

どうもこの時代では単に消費する魔力によって適性のあるなしを判断し、適性がないと発動できないと思っているみたいなんだ。

俺にはどんな適性があるのだろうか？　試してみたいが、魔法を行使するには詠唱が必要で、今の俺では舌足らずの詠唱になってしまうので魔法が発動しない。

だから、魔力を体内で練り上げる練習をしようと思う。これなら詠唱する必要がないので、今の俺でもできるのだ。

あれが魔力の暴走なら、俺には多くの魔力があるはずだ。そうじゃないと、あの威力に説明がつかない。ただし、魔力を練る練習ができても、どんな属性の適性があるのかまでは分からない。

前世の俺は火属性と水属性の適性があったが、それがこの転生後の体にもあるとは限らない。

それなりの量の魔力があるという仮定なので、なんらかの属性の適性はあるはずだと思っているが。

魔力を練るには、まず魔力を感じなければならない。一般的に魔力は心臓の辺りにあるが、その魔力を感じる練習から始めるとしよう。

目を閉じて心臓の辺りにある魔力に意識を集中する。魔法を使う上で一番最初の壁が魔力を感じることだ。

練習を始めてから魔力を感じられるようになるまで、最低でも一年以上かかると言われている。幸いなことに今の俺は一歳の幼児なので、時間だけはたくさんある。暇潰《ひまつぶ》しには丁度いいだろう。

日々、心臓付近に意識を集中して過ごそうと思っていたら、一カ月ほどで魔力を感じることができてしまった。

次はこの魔力を動かす練習だ。魔力を体中に巡らせば、それだけ魔法をスムーズに発動させることができる。この魔力を動かすのもかなり時間がかかるはずだったが、一〇日でできてしまった。

この体はなかなか魔力との相性がいい。もしかしたら前世で魔法を使っていたからなのか？

こうなると、早く魔法を使ってみたいと思うのが人情ってものだが、しっかりと発音できるようになるまでは我慢するしかない。それまでは体中に魔力を巡らせよう。

そうだ、前世では考えたこともなかったが、純粋な魔力を体に巡らせるのではなく注ぎ込んだらどうなるのだろうか？

詠唱ができるようになったら、部分的に魔法を注ぐことができるようになるのだろうか？

分からない。だが、時間だけはあるのだから、色々と試してみよう。


目に魔力を集めて注ぐとどうなるか？　結論としては視力がよくなった。これは面白い。

さらに試行錯誤していると、夜でも目が見えるようになった。

右腕に魔力を注ぐと、部屋の中にある椅子を右腕だけで持ち上げることができた。左腕に魔力を注いでも椅子を持ち上げることができた。

ならばと両足に魔力を注ぐと、たどたどしかった歩行がしゃきっとした。もっと試すと走れるようになった。

全身に魔力を注ぐと、重そうなテーブルを持ち上げられた。ただし、テーブルのほうが重たいため、バランスを崩して倒れた。

テーブルの上にあった花瓶などが盛大に床に落ちてしまって、また刺客か!?　と騒動になったのは愛嬌《あいきょう》でごまかした。

しかし、楽しい。俺は体に魔力を注いで身体能力を上げることを、『身体強化』と名づけ、それからも身体強化の訓練をした。

そんなある日、母親と会うことが許されて部屋に赴《おもむ》く。皇帝の側妃ともなると、簡単に子供に会うこともできない。何代前の皇帝か知らないがバカな慣習を作ったものだ。

「ゼノキア、元気にしていましたか」

「はい。ははうえ」

母親はにこやかに俺を迎え入れてくれる。

「ゼノキアが好きなアップルパイを焼きました。お食べなさい」

「はい、いただきます」

一歳でこれだけ喋《しゃべ》れれば天才的だろう。自惚《うぬぼ》れではない。事実だ。そんな俺を母親は、優しげな瞳で見つめてくる。

俺の好きなアップルパイはシナモンが入っていないものだ。アップルは甘くて酸味があり、生地《きじ》の香ばしさとバターの香りがあるのに、シナモンの強い香りがそういったアップルパイのいいところを消してしまうと思っている。だから母親もシナモンが入っていないアップルパイを出してくれる。

「おいしいです」

「そう、それはよかったわ」

同じ後宮内に住んでいるが、母親とは月に二回、多くて三回会えればいい。だから、俺の周りにいるカルミナ子爵夫人や侍女たちから俺の好みをしっかりと聞いて、俺の好きなものを用意してくれる。

二歳になると身体強化もかなり上達して体中に魔力を注ぐだけでなく、指先など体のほんの一部分に注ぐこともできるようになった。さらに、身体強化がなくても、自分で歩いてどこにでも行けるようになった。

刺客の襲撃はあれ以来なく、俺は安全に暮らすことができている。ただし、相変わらず騎士はつけられている。

その日も、久しぶりに母親に会える許しが下りて、部屋を訪ねた。

「ゼノキア、ごきげんよう」

「母上、ごきげんよう」

母親は伯爵家の出身なので、お嬢様だ。まあ、皇帝の妃になるのは貴族だけだ。もちろん、どんなことにも抜け道がある。庶民が貴族の養女になり貴族の娘として後宮に入った例は過去に何度もある。

今年で一九歳になる母親は、今は第二子を身ごもっている。俺はそれを知って母にお祝いを言いに来たのだ。

「母上、ご懐妊なさったと聞きました。おめでとうございます」

「あらあら、ゼノキアは立派ですね。来年の今頃は貴方《あなた》の弟か妹が生まれますから、可愛がってあげてくださいね」

「はい」

母親がそう言うと、お菓子とお茶が用意された。

「これはマルム様からお祝いの品としていただいた、ソト州のアップルを使ったアップルパイです。あなたの好物だったでしょ？」

マルム様というのは正妃の一人で、第二皇子の母親である。

皇帝には皇后、正妃、側妃、庶妃《しょひ》といった妃がいるが、皇后は次期皇帝である皇太子の母親がなれる最上位の妃位で、正妃は親王《しんのう》と言われるほんの一部の皇子、皇女《おうじょ》の母に与えられる妃位だ。

皇后、正妃、側妃は正式に妃と認められる地位だが、庶妃は簡単に言うと妾《めかけ》である。だから、庶妃は対外的に妃と認識されていない。

俺の母親は数多くいる側妃の一人だ。マルム様は妃として母親よりも上位になるが、正妃なのにとげとげしさがなく、俺にも優しい人物である。

俺がアップルパイ好きなのは、後宮に住む者なら多くが知っていることだろう。特にソト州産のアップルを使ったアップルパイが大好物なのだ。

香ばしくていい香りが漂ってくる。同時に紅茶の清々《すがすが》しい香りも俺の鼻をくすぐる。

「ありがとうございます。母上」

侍女によって取り分けられたアップルパイを、俺はフォークを使って小さく切って口に持っていく。

ソト州産のアップルのいい香りと、パイ生地の香ばしい香りが食欲を誘う。口に含むとアップルの酸味と甘味がほどよくあり、パイ生地の甘味と香ばしさもあってとても美味《おい》しい。

俺は二切れ目を口に入れようとして、違和感を覚えた。

次の瞬間に胸が焼けるように熱くなり、苦しくて、痛くて形容しがたい感覚が襲ってきたのだ。胸から込み上げてくる何かを吐き出す。

「ぐっ！　……おえっ!?」

「ゼノキア？　ゼノキア!!」

俺はあまりの苦しさに、ソファから落ちて床に四つん這《ば》いになって喘《あえ》ぐ。

見ると床が真っ赤に染まり、それが俺の血だと理解するのに時間はかからなかった。

「ゼノキア!?　大丈夫ですか!?　ゼノキア!?」

「ゼノキア様!?」

母親の声が聞こえるが、そんなことより苦しい。胸の中を虫が走り回っているような、なんとも言えない苦しさを我慢するので精いっぱいだ。

これは毒だ。今、俺の体は毒を取り込んだことによって、ものすごい勢いで死に向かっている。このままでは間違いなく死ぬだろう。

俺は無意識に魔力を体中に循環させ、体中の毒素を一カ所に集めた。咄嗟《とっさ》のことで意識してやったわけではないが、まさかこんなことで身体強化の訓練が役に立つと思わなかった。

「がはっ⁉」

どす黒い血を何度も吐き、俺は意識を失う寸前まで毒素を体外へ排出し続けた。

「ゼノキア⁉　大丈夫ですか⁉　ゼノキア⁉　嫌、ゼノキア死なないで！」

母親やカルミナ子爵夫人、侍女たちの声が聞こえるが、意識が遠のく。


変わり映《ば》えのしない部屋の変わり映えのしない天井。ベッドの上の天井の細かなシミまで全部覚えたかもしれない。

アップルパイに毒が入っていて毒殺されかかった俺だったが、なんとか生き延びた。あの時、毒素を体外に排出していなかったら、今頃俺はベッドの上ではなく墓石の下にいただろう。

「ゼノキア……ごめんなさいね、私の身代わりになって貴方をこのように苦しめてしまって……」

母親は毒入りのアップルパイを食べなかった。俺が先にアップルパイを食べて、毒によって血を吐いたので食べずに済んだのだ。

もし、俺がアップルパイを先に食べていなかったら、今頃母親は亡くなっていたはずだ。もちろん、母のお腹《なか》の中にいる新しい命も助からなかっただろう。

「母上、俺はもう大丈夫ですから、そのような悲しそうな顔をしないでください」

「ですが……」

「俺は母上の笑顔が好きです。俺も母上も、そしてお腹の赤ちゃんも無事なのですから、笑ってください」

「ゼノキア、貴方って子は……そうですね、皆無事なのですから」

母親の目に涙がうっすらと浮かんだのを、俺は指でなぞって拭《ふ》いてあげた。


毒アップルパイを食べて悶絶したあの日から一〇日間もベッドで過ごしている。その間にいくつかの動きがあった。

あのアップルパイはマルム正妃からいただいたものだが、マルム正妃は毒を入れていないと関与を否定している。俺もあの優しいマルム正妃がそんなことをするとは思えないので、他の誰かが毒を入れたんだと思っている。

そして、母親の侍女が捕縛された。その侍女は俺たちにアップルパイを取り分けてくれた侍女だが、捕縛されて取り調べを受ける前に牢獄で死んでいたらしい。

あの侍女が関与していたのか、それとも関与した風に見せかけられて殺されたのか分からない。真相は闇の中で、毒入りアップルパイ事件はうやむやになってしまったのだ。

しかし、俺は誰に命を狙われているのだろうか？　今回の毒は母親を狙ったものだとほとんどの者は考えているようだが、アップルパイが俺の好物なのは多くの人が知っていたことだ。あれは自分を狙ったものだと、俺は考えている。

生後間もない頃の刺客の件もあるし、そう考えるほうが無難だろう。

さらに数日がたって、俺は部屋から出ることが許された。

毒の件があったので俺と母の食事は必ず毒見が行われるようになり、なんだか申し訳なく思う。もし毒が入っていたら毒見役が犠牲になるわけで、俺はその毒見役の命がけの奉仕の上で生きているのだから……。

俺の生活はどんどん窮屈《きゅうくつ》なものになっていく。これも刺客を送り込んできた奴と、アップルパイに毒を入れた奴のせいだ。いつか地獄を見せてやると心の中で誓う。


「木剣を」

「はい」

侍女から木剣を受け取ると、俺は素振りを始めた。

身体強化で体を強化することはできる。だが、戦いというのは身体能力だけが高くていいわけではない。

剣を振り、型をなぞって、体に覚え込ませる。幸いなことに、前世の俺は剣の達人で知られている。剣のことは誰に聞く必要もなく、一から一〇まで把握している。

木剣を毎日一〇〇回振って、初級の型を一〇セットなぞって、さらに訓練場の隅から隅まで走り込む。

周囲の者は二歳児の俺が騎士ごっこをしているのだと、微笑ましそうに笑って見ている。

「お疲れ様です。ゼノキア様」

侍女からタオルを受け取り汗を拭き、自室に戻ると魔力を練る。

先ほど木剣を振っている時、普段は無心で振るのだが、なぜかふとあることが頭の中に浮かんだ。魔力を循環させ注ぎ込むことで体が強化できるのであれば、体の外側に纏《まと》わせて鎧《よろい》のようにして防御に使えないだろうかと。

「なかなか難しいな」

体の中には魔力の通り道があるので循環させるのにそれほど苦労しなかったが、外側は半端《はんぱ》なく難しい。

そもそも、魔力を体の外に出すと四散してしまい、魔力が体に纏わりつかないのだ。

「これはチャレンジのしがいがあるぜ」

魔力を体外に纏わりつかせる。この訓練は骨が折れそうだ。だが、やりがいがある。

「くくく」

笑いがこみあげてくる。まだ二歳児の俺に公務はない。文字の読み書きはできるし、魔法についても知識があるので勉強に時間はかからない。つまり、時間ならいくらでもあるのだ。

まあ、礼儀作法は前世でも苦手だったので、苦労はしているけどな。

やったぜ、とうとう魔力を体の外側に纏わせることができた。苦節三カ月、俺はやったんだ！

「これほど嬉しいことはない」

だが、まだ魔力が四散しないだけで、魔力の鎧になったわけではない。

「しかし、これは魔力を多く消費するな。使った魔力の半分以上が四散している気がする。この無駄を省かないと鎧どころではないぞ」

魔力というのは、まるで掴みどころのない空気のようなものだ。無色透明で無臭。

「むー……」

魔力を圧縮していくと、石のように固くなって触って感じることができるようになる。拳くらいの大きさなら問題なくできる。だが、体中となるとまったくできない。

「まあ、一度でなんでもできるわけじゃないからな」

簡単ではないのだ。

二章 ◆ 魔法

「ゼノキア様、お時間です」

侍女《じじょ》のエッダが服を持ってきた。これから第一三皇女《おうじょ》のセリヌのお茶会へ行く予定なのだ。セリヌの母は子爵家の出身で、俺の母親であるアーマルの生家の分家筋にあたり、母親同士の仲がいいことから時々お茶会に呼ばれるのだ。

「もうそんな時間か」

エッダが俺の服を着替えさせてくれる。前世では自分で服を着ていたが、今世では侍女が着替えさせてくれる。いまだに慣れないが、俺がわがままを言うと侍女たちが困るので大人しくしている。


長い廊下を通りすぎて、セリヌの部屋へ向かう。

許可をもらって部屋に入っていくと、薄い桜色の髪にエメラルドグリーンの瞳を持ったセリヌと俺の母であるアーマル、そしてセリヌの母親のロミニス側妃《そくひ》がすでにいた。

「母上、ロミニス様、セリヌ姉上、遅れました。すみません」

約束の時間には間に合ったと思うが、三人が待っていたので頭を軽く下げておく。

「まだ時間には余裕がありましてよ、ゼノキア」

母が口に扇子《せんす》を当てて笑う。

「そうですよ、ゼノキアさん」

ロミニス側妃はセリヌと同じ薄い桜色の髪をした美しい女性だ。

この後宮《こうきゅう》に住むのは皇帝の妃《きさき》だけあって、見目麗《みめうるわ》しい女性が集まっている。もっとも、皇后や最初の頃の妃は政略結婚の意味合いが強いので、見た目ではなく家柄を優先させている。

何が言いたいかというと、皇后や最初の頃の妃は年を取っているのもあるが、かなり厚塗りの化粧をしても美しくはないということだ。

「ゼノキアさん。今日はようこそおいでくださいました」

「セリヌ姉上。ご招待いただき、ありがとうございます」

親しい間柄の四人でお茶をした。母親の腹はかなり目立ってきている。順調だ。

「最近は剣を振っているそうですね、ゼノキア」

「はい。木剣ですけど体を鍛えようと思って、やっています」

母親の質問に、簡潔に返事をする。

「まあ、ゼノキアさんは賢いですね」

ロミニス側妃の言う通り、二歳児の言葉じゃないなと俺も思う。

三人との会話は楽しい。やはり気心の知れた人とのひと時は心が安らぐ。

俺は四歳になった。昨年、俺の弟が生まれた。第一三皇子《おうじ》になる。

生まれたばかりの弟に会いに行きたいが、弟だからといっても簡単には会えないのがこの後宮なのだ。

だが、弟が俺のように刺客《しかく》に狙われてはいけないと、万全の警備を皇帝に上奏《じょうそう》した。皇帝も俺が何度も刺客に狙われていることを考えて、警備を強化してくれた。こういう時に何もできない自分の無力さが嫌になる。

俺は前世で火属性と水属性の適性があったので試してみることにした。水属性は攻撃にも使えるが、傷や病気を癒《いや》す魔法もある。命を狙われている俺には必要な力だと思う。

「水神の加護をいただく我が魔を捧《ささ》げる。我が前に顕現《けんげん》せよ、ウオーターボール」

詠唱が終わると、俺の目の前に拳大の水の球が顕現して、真っすぐ的《まと》に向かって飛んでいく。

魔力操作の訓練をしっかりとやってきたので、水属性の適性がなくても魔法が発動するのは分かっていた。簡単な下級魔法くらいなら、適性がなくても魔力量がある程度あれば発動するのだ。

今のウオーターボールの魔力消費の感じなら、俺は水属性の適性はあると思ってもいいだろう。

「おめでとうございます、ゼノキア様！」

「ゼノキア様は水の魔法士として才能がおありなのですね！　さすがでございます」

魔法が発動したのを見て侍女たちが興奮しているが、その後ろでは俺の護衛をしている騎士たちが目を見開いて驚いている。

俺が魔法を使ったのはこれが初めてで、これまでこういった属性魔法の訓練はしていなかったのだから、騎士たちが驚くのも無理はない。

訓練もしていない人物がいきなり魔法を行使したら、誰だって驚くだろう。

「炎神の加護をいただく我が魔を捧げる。我が前に顕現せよ、ファイアボール」

今度は火属性を試してみることにした。炎の球が現れて飛んでいき、的に当たると的が燃え上がった。

「水属性だけではなく火属性も！　素晴らしいです！」

「さすがはゼノキア様です！」

侍女たちの声援が気持ちいい。なんだか調子に乗ってしまいそうだ。

前世では二属性しか持っていなかった俺だったが、今世ではどうだろうか？

「風神の加護をいただく我が魔を捧げる。我が前に顕現せよ、エアカッター」

見えない刃《やいば》がスパンと的を切り裂いた。

「地神の加護をいただく我が魔を捧げる。我が前に顕現せよ、ロックニードル」

石の針が的を貫通した。

「光神の加護をいただく我が魔を捧げる。我が前に顕現せよ、シャイニングアロー」

光の矢が当たると、的が融解した。

「闇神の加護をいただく我が魔を捧げる。我が前に顕現せよ、ダークレイン」

黒い霧雨《きりさめ》によって的が溶けていく。

「「「……………」」」

侍女と騎士たちが目を剝《む》いている。俺自身も驚いて呆然としてしまう。

「ゼノキア様、なんですかそれ……？」

侍女のエッダが詰め寄ってきた。

「なんですかって言われても、俺も驚いているんだけど？」

「全属性の適性があるなんて、これはすぐにカルミナ子爵夫人に報告しませんと！」

侍女エッダの鼻息が荒い。

エッダの報告を受けたカルミナ子爵夫人は、母親に俺の属性のことを報告した。


皇帝からお呼びがかかった。魔法のことで呼ばれたと思うが、初めて帝城《ていじょう》の皇帝の執務室に向かう。

前世の頃はこんな城はなかった。俺が死んでから三〇年ほどたってからできた城だ。

ちょっとドキドキしながら後宮を後にして本城に入り、長い廊下を歩いた。すると、前方から金髪碧眼《へきがん》のイケメンがやってくるのが見えた。

「ん、……ゼノキアではないか？　こんなところで何をしているんだ？」

多分俺の顔を見て名前を思い出していたのだろう。俺の名前が出てくるのに間があった。

この人物はサーリマン・セスト・フォンステルト。俺の異母兄弟にして皇太子だ。皇太子から見れば、俺のような第一一皇子の顔と名前が一致しなくても大した問題ではない。

「兄上、ごきげんよう。皇帝陛下に呼ばれたのです」

「何？　陛下に？」

「はい」

皇太子はすでに成人して今年で三四歳になり、宮内省《くないしょう》の大臣をしているのでこの本城にいても不思議はない。

「陛下のお呼びとあらば、引き留めるわけにはいかんな」

「兄上、失礼します」

「うむ」

この皇太子は皇帝である父譲りのイケメンだ。そのイケメン皇太子の横を通り過ぎて皇帝の執務室へ向かう。

俺に死んでほしいと思っている存在はたくさんいる。今の皇太子もその一人だろう。

皇帝の息子ということは次の皇帝になる可能性があるということで、それだけで敵も多い。刺客を送ってきたのは皇太子かもしれないし、そうでないかもしれない。

皇帝の執務室に入ると、俺は片膝《ひざ》をついて頭を下げた。これは皇族の皇帝に対する礼儀作法だ。


「ゼノキアにございます。お呼びでございましょうか、陛下」

「うむ、楽にするがよい」

「ありがとうございます」

俺は立ち上がって両足を肩幅に開いて、手を腰の後ろで組んだ。楽にしてよいと言われても、だらけた格好はできない。

相手はこの帝国の頂点である皇帝であり、俺は数多くいる息子の一人でしかないのだ。いくら父親といってもそういうことはしっかりとケジメをつけておかないと、いつ足をすくわれるか分からない。

「アーマルに聞いたが、魔法が得意だそうだな？」

「先日より魔法の訓練をしております。得意かどうかはこれからの訓練次第だと思います」

「ふ……。これほど饒舌《じょうぜつ》な皇子がまだ四歳だとはな……」

前世の記憶があることで、言葉に関しては不便のない四歳児なのである。

「ゼノキアに守役《もりやく》をつける」

守役というのは教育係のことだ。通常、守役がつけられるのは、第五皇子くらいまでだ。つまり、帝位に近い皇子にだけ守役がつけられる。

四歳で第一一皇子でしかない俺に、守役をつけるのは異例だと思う。

ちなみに、皇子の俺につけられるのは守役だが、先ほど出遭《であ》った皇太子の場合は傅役《もりやく》で、字が違う。

皇子は皇帝の息子というだけで、帝位継承権がない。皇子が帝位継承権を認められると親王《しんのう》になるが、この親王の場合も傅役だ。

「サキノ」

「これに」

皇帝の後ろにいたから近衛《このえ》騎士かと思っていたが、名前を呼ばれて前に出てきたこのサキノという濃い青い色の髪を肩の下まで伸ばした薄い緑色の瞳の、三十代の男が俺の守役なのだろう。

容姿の印象ではそれほど強そうには見えないが、魔力はかなり多いように感じる。魔力操作ができると、他人の魔力の量とかがなんとなく分かるのだ。

もっとも、見た目で人を判断してはいけない。こういう強そうでない奴が、実は実力者ということは結構あるのだ。

「サキノは文武両道の勇士である。ゼノキアの守役に任命する」

「皇帝陛下にお礼申し上げます」

俺は皇帝に頭を下げた。ここで断るのは失礼にあたるし、断る理由がないからだ。

守役は終生俺に仕《つか》える一番の家臣になるので、優秀なことに越したことはない。さて、このサキノはどうだろうか？

サキノは近衛騎士の鎧《よろい》を身に着けているが、鎧があってもスラっとした体型だと分かる。先ほども言ったように強そうには見えないが、とても格好いい。

俺とサキノは皇帝の執務室を出て、俺の部屋に向かって歩いている。サキノの経歴は皇帝から聞いたが、素晴らしい実績を持っていた。

最初は軍に入隊して、その能力もあって順調に出世して三〇歳で准将《じゅんしょう》にまでなった。その時に皇帝から直々《じきじき》に近衛騎士団（騎士団の一部署）への配属換えの辞令《勅令《ちょくれい》》が下りて、今は近衛騎士団の騎士長になっている。騎士長は騎士団長のすぐ下の職なので、すごく優秀だというのが分かる。

「ゼノキア様、私はこれにて」

「わかった。明日から頼んだぞ」

「はっ」

近衛であっても男性は後宮に入ることができない。だから、後宮には女性の騎士がいるのだ。つまり、サキノとは後宮の入り口前でお別れだ。

サキノは剣神諸刃《もろは》流剣術の免許皆伝《かいでん》だが、魔法も風属性の王級魔法が使えるらしい。剣神諸刃流といえば、皇帝の剣術指南《しなん》役になっている三流派の一つで、その剣神諸刃流の免許皆伝というのはすごいことだ。

また、魔法には位階があって、下級魔法、中級魔法、上級魔法、特級魔法、王級魔法、帝級魔法、伝説級魔法、精霊級魔法、神級魔法がある。

通常、上級魔法を行使できると宮廷魔導士にスカウトされたりするので、サキノは魔法の実力でも宮廷魔導士並みというわけだ。

素晴らしい才能だ。なのに、ただの皇子でしかない俺の守役になるのは、なぜだ？　皇帝が命じたからか？　サキノが望んだのか？　どちらにしろ俺に優秀な家臣ができた。

「ゼノキア様、剣のほうはもう少し体が大きくなってから本格的に稽古《けいこ》をします。しばらくは魔法の訓練を優先して行いましょう」

俺はまだ四歳だから剣はもう少し大きくなってからのようだ。

ただし、俺は毎朝木剣で剣術の訓練をしている。それはこれまで通り続けるつもりだ。

「うむ、分かった」

今のサキノは俺の守役だから、簡単に言うと俺の家臣だ。皇子と守役は一心同体とよく言われるが、今後俺が成人してもサキノは俺の家臣として仕えることになる。だから年上相手でも口調は皇子としてのそれになる。

「ゼノキア様は全属性に適性があるとのこと。一度、全属性の魔法を私に見せていただけますか」

全属性と言っても、火、水、風、土、光、闇の六属性のことだ。時々、この六属性以外の属性の適性を持つ者が現れるが、そのような特殊な属性を持って生まれても、それに気づくのは至難の業《わざ》だ。

そもそも、魔法を発動させないと、自分に魔法の適性があるかも分からないのだから、特殊な属性を持っていても気づかないことが多いのだ。

「分かった」

魔法を使うには詠唱が必要だ。魔法というのは、詠唱によってその作用や効果が顕現《けんげん》すると言われているからだ。

俺は詠唱して全属性の魔法をサキノに見せた。

「どれも下級魔法の威力を逸脱しています。下級魔法なのに中級魔法の域に達しているでしょう」

そんなことはないはずだ。俺には前世の知識があるが、下級魔法の威力はこのくらいだったはずだぞ。きっと俺を乗せようとして、大げさに褒《ほ》めているのだろう。

褒められて気分を悪くする者はあまりいないからな。特に俺のような年齢だとその気になるだろう。サキノは子供の扱いが上手《うま》いな。

だが、俺には前世の記憶がある。あからさまなヨイショはあまり好ましくないぞ。あまり度が過ぎるようなら、ひと言釘を刺しておこう。

「ゼノキア様、こちらは風の中級魔法の魔導書になります。初級は全て完璧ですので、中級魔法を訓練しましょう」

訓練施設に特別に設置されたテーブルと椅子、そしてパラソル。その椅子に座って一服する俺の前で、サキノは黒い表紙の魔導書を手に取った。

昨日のうちに全属性の中級魔法と上級魔法の魔導書が、皇帝より贈られてきたのだ。

皇帝は俺の魔法の才に期待しているのだろうか？　それとも皇子なのでこの程度は普通のことなのだろうか？

生まれて四年がたっているが、皇帝と会ったのは数えるほどしかない。期待されていると思ったことはこれまで一度もない第一一皇子だが、もう少し会いに来てくれてもいいだろう。

まあ、実際に会いに来てもらっても、困っちゃうけどさ。

前世の頃の記憶では中級魔導書はもっと分厚かったと思う。この魔導書はどうしてこんなに薄いんだ？

「分かった」

前世では火属性と水属性の適性しかなかったので、風属性の中級魔法の魔導書は初めて見る。

表紙をめくると風魔法の説明が一通り記載してあるが、初級魔法の魔導書と大して変わりがない。次のページには初級魔法のまとめのようなものが載《の》っていて、さらにページをめくっていくと中級魔法の説明があって、詠唱の言葉が記載されていた。

魔導書に書かれている詠唱内容を覚え、さっそく試してみることにした。

「偉大なる風神よ、我が魔力を捧《ささ》げ奉《たてまつ》る。我が求めは偉大なる竜巻。我が前に顕現せよ、ストームカッター」

風が集まり地面の土を抉《えぐ》りながら渦を巻いた。

「「きゃっ」」

悲鳴がしたので振り向くと、ストームカッターの風圧で侍女たちの重厚なスカートがめくれ上がっていた。

ふむ、エッダは白でリアは黒か。俺はしっかりと二人の下着の色を目に焼きつけた。風魔法はラッキースケベのチャンスと……。脳内にメモっておこう。

「ゼノキア様、風の中級魔法も完璧です！　素晴らしいです」

「サキノ、この程度のことで、そんなに褒めるな」

「何を仰《おつしや》いますか、四歳で中級魔法を行使できるだけでもすばらしいことなのに、それがこれだけの威力を出せるのです！　ゼノキア様はもっと誇るべきです！」

「む？　そうか……？」

中級魔法ならこれくらいは普通なんだけど、なんだかサキノの興奮具合を見ていると本当にすごいことかと思ってしまう。サキノはやはり褒め上手だな。

俺は順調に全中級魔法が行使できるのを確認し、上級魔法の訓練に入った。

「ゼノキア様であればもっと高度な魔法も行使できましょう。陛下に大図書館の使用を申請しましょう」

「大図書館か……うむ、よきにはからえ」

「はっ！」

大図書館というのは、帝城の中にある本や資料を保管しているエリアのことだ。その中には貴重なものもあるため皇子でも勝手には入ることができず、入館には皇帝の許可がいるのだ。

ちなみに帝城というのは、本城をはじめとして後宮なども含めた城全体のことを指す。

数日後、皇帝から大図書館の使用許可が下り、初めて大図書館に立ち入る。これほど早く許可が下りるとは思ってもみなかった。

「今回は一般書エリアのみの使用許可ですので、重要書エリアと禁書エリアには立ち入らないでください」

「分かった」

白髪で長い髭《ひげ》をたくわえた今にもぽっくりいきそうな司書長から注意事項を聞いて、俺とサキノ、そして二人の侍女は一般書エリアへと入っていく。

「すごいものだな……」

「数万、もしかしたら一〇万冊以上の本が保管されていると、言われるだけはありますね」

サキノも入るのは初めての大図書館には、古今東西《ここんとうざい》の本が集められている。中にはこれが本なのかと疑問符がつくものもあるが、本だけではなく何らかの資料的価値があれば羊皮紙《ようひし》一枚でも持ち込まれて保管されるそうだ。

「手分けして、特級魔法と王級魔法、それに帝級魔法の魔導書を持ってくるのだ」

「「はい」」

侍女のエッダとリア、そしてサキノに命じて魔導書を持ってこさせる。

魔導書は下級、中級、上級なら市場にも出回っていて、購入することは簡単だ。だが、特級以上の魔導書は希少なので極端に入手が困難になる。

皇帝の威光を背景にして手に入れるのは簡単だが、この大図書館にも収蔵されているし、なによりさらに上の王級や帝級魔導書もある。

俺は皇帝の許可が下りるまでのこの数日の間に、全属性の上級魔法と風魔法の特級魔法が行使できるのは確認している。風属性以外の特級魔導書と全王級魔導書、そして全帝級魔導書をかき集めさせた。

サキノの将来の目論見《もくろみ》としてはその先の伝説級や精霊級の魔導書の閲覧にあるようで、この大図書館への入館許可をとったのもそのための布石だと俺は思っている。伝説級の魔導書は買おうと思って買えるものではないのだ。


その日から俺は、朝は木剣を振って体力をつくり、それが終わるとカルミナ子爵夫人から礼儀作法の講義を受け、昼からは大図書館にこもって魔導書を読みふけって、たまに覚えた魔法を訓練所でぶっ放す日々を送った。

魔力を纏《まと》う試みも続けていて、寝る前には必ず訓練を行っている。今では魔力の四散を二割ほどに抑え込むことができている。

特級の属性魔法を発動させるよりも、魔力の鎧を身に纏うほうが難しく、二年近く訓練を続けているがまだ完璧ではない。今後も魔力の鎧を完全にものにするために努力は欠かさないつもりだ。

王級魔法が行使できるのは訓練所で全て確認できた。まさかここまで属性魔法の才能があるとは、自分でもびっくりしている。

帝級魔法については訓練所で行使すると、訓練所以外にも被害が及ぶと予想されるので、城の外に出て魔法の練習ができるように皇帝に申請しているところだ。

皇子は五歳になると屋敷を与えられて後宮を出る。そうすれば自由に外出できるようになるが、それまでは皇帝の庇護《ひご》下《か》にあるので、外出には皇帝の許可が必要になるのだ。

「ゼノキア様、陛下より外出の許可が下りました」

「そうか、いつ外出できるのだ？」

「明日の午前中に帝城を出まして、アルゴン草原へ向かいます」

アルゴン草原は帝都サーリアンの北にある広大な草原。水源がないため開墾《かいこん》されていないが、春から夏にかけて草が青々と生《お》い茂る土地だったと記憶している。水源がないのになぜ草が育つのか不思議だが、それが当たり前だと思われていて調べられたことはない。

誰も住んでいない広大な土地なので、威力の高い帝級魔法の練習には丁度いい場所というわけだ。

翌日、皇族専用の馬車に乗った。皇帝が執務を行う本城、皇帝や俺たちが暮らす後宮、行政機関が集まった執政館、近衛騎士の詰め所や訓練所、複数の迎賓《げいひん》館、複数の庭園、他にも色々な施設が集まった全てを帝城と言う。

帝城の敷地は広大で、外に出るためにいくつもの門を通らなければならない。それだけ時間がかかるのだ。

各門は近衛騎士団が守っていて、門を通る時に毎回検問が行われる。これは皇子でも貴族でも関係なく、厳重に身許《みもと》の照会や同行する人物の確認が行われる。皇帝が住む帝城だから厳しくチェックされるのは仕方がないとはいえ、面倒なことだ。


帝城を出ると幅の広い水堀がある。この水堀は帝城の周囲をぐるりと囲んでいて帝城が攻められた場合、水堀で敵を防ぐだけではなく城へ物資を運び込むのにも使われている。

水運は物資を大量に運ぶには丁度いい運搬手段なので、多くの人が働く帝城への物資運搬は水運がメインになっている。そんな水堀に架かっている橋を渡って町へと出た。

皇帝のお膝元なので区画整備がしっかりとされていて、帝城を中心に東西南北に伸びる四本の大通りと、その中間に四本の運河が造られている。

その四本の大通りと四本の運河に沿うように、石造りの白い壁とオレンジ色の屋根の建物が立ち並んでいるのが帝都サーリアンである。

これらの建物は景観を考えて造られているので、他の色を使うことは許されていない徹底ぶりである。

大通りは馬車や通行人が多く、運河も大小さまざまな船が航行していて活気があるのが一目で分かる。

帝国の首都ということは帝国一の都市であり、それはつまりこの大陸一の都市と言っても過言ではない大都市だけあって多くの人が住んでいる。

それらの人たちが活き活《い》きとしているのが、馬車の窓越しに見てとれる。人々の顔に浮かぶ笑顔を見ると、現皇帝の治世が安定しているのだと実感できる。


俺の馬車の周りには近衛騎士が一五名とサキノ、それに馬車の中には侍女のエッダとリアがいる。近衛騎士とサキノは馬に乗っていて、馬車に不審人物が近づいてこないか目を光らせている。

後宮には女性の近衛騎士しかいないが、後宮以外では主《おも》に男性の近衛騎士が俺の護衛をすることになる。

帝都サーリアンの中にもいくつかの門があって通行人のチェックが行われているが、帝城内の通行チェックに比べればとても緩《ゆる》い。あまり厳しくすると人の往来《おうらい》の妨《さまた》げになって経済の停滞を引き起こしたり、住人の不平不満が溜まってしまうからだ。

特に俺が乗る馬車は皇族専用車であり、事前に話が通っているので止められることなく門を通り過ぎた。

帝都サーリアンの北側の、人の往来もない場所に到着した。ここがアルゴン草原だ。

この頃になると一五名の近衛騎士の他に五〇名ほどの騎士が俺の周囲を守っている。

護衛に近衛騎士だけではなく騎士が加わったのは、近衛騎士の数がそれほど多くないという理由がある。

近衛騎士は帝城内の警護を担当しているので、たかだか皇子一人のための護衛に多くの近衛騎士を割くことはできないのだ。

これが皇帝や皇太子、親王など重要人物の場合はまた違ってくるのだが、今はどうでもいいだろう。

皇子が外出するために護衛が必要な時は、帝都サーリアンを守っている騎士団から人員を出すことになっている。

俺の周囲には近衛騎士以外はなく、騎士たちは俺を遠巻きに護衛している。もし不審者が俺に近づこうとすると、まず騎士たちがその人物を止めるわけだ。

「ゼノキア様、ここならば問題ありませんので、力の限り帝級魔法を行使してください」

近衛騎士と騎士たちの周辺確認が終わってサキノに報告すると、そう判断したサキノが俺に告げてきた。

「そうか、ならば風の帝級魔導書をこれに」

俺の言葉でエッダが魔導書を選んで持ってきてくれた。魔導書を受け取ってぺらぺらとページをめくると、目的のページを開いた。

サキノ、エッダ、リア、近衛騎士たちを見てから再びサキノを見て頷《うなず》いた俺は、詠唱を始める。

「偉大なる風の大神よ、我は魔を追い求める者なり、我は風を求める者なり、我は風を操る者なり、我が魔を捧げ奉る。我が求めるは偉大なる風の大神の嵐なり。我が前に顕現せよ、グレートタイフーン」

詠唱を始めると、魔導書の文字が金色に光り出して、空中に浮かび上がっていく。

下級から上級まではこのようなことはないが、特級以上の魔導書になると魔導インクという特殊なインクで書かれているため、魔力の高まりに反応してこういう現象が起きるのだ。

勘違いしてほしくないのは、魔法の詠唱に魔導書は必要ない。詠唱を間違いなく行うために、魔導書に書かれている文字を読んでいるからこういった現象が起こるのだ。

今まで無風に近かった草原に、突如強風が吹き、その風が急速に発達していく。

俺の目の前には巨大な風の渦と、切り裂かれて巻き上げられた草が広範囲で舞っている。それは威力をさらに増していき、もはや嵐のようだ。

今回も侍女たちのスカートがめくれるかと少し期待していたが、エッダとリアは風対策をしっかりとしてきたようだ。ちっ。

世界を破壊するのではないかと思われるほどの風の猛威が草原を蹂躙《じゅうりん》していく。

「くっ!?」

風が吹き荒れて俺がいるところまでその余波がくる。威力が強すぎたようだ。今度はもっと遠くに中心を持っていこう。

「ゼノキア様、大丈夫ですか？」

風に煽《あお》られた俺をサキノが支えてくれた。なにせ今の俺は四歳の子供だから体重が軽く、ちょっとした風でも吹き飛ばされそうになるのだ。

「問題ない」

サキノにはそう言ったが、実際のところは飛んでいきそうで怖い。

風の猛威が吹き止《や》むと、草原は酷《ひど》い有様だった。地面に生い茂っていた草は刈りつくされて地面が見えている。しかも、その地面も抉られて一段低くなっているのだ。

これが帝級魔法の威力なんだな。こんな魔法を町中で行使したら大惨事になること間違いなしだ。


「ゼノキア様、魔力のほうは大丈夫ですか？」

「まったく問題ない」

正直言ってまだ数発帝級魔法を行使できそうなので、俺自身かなりドン引き状態だ。

「さすがはゼノキア様です。帝級魔法を行使しても魔力に余裕があるのですね」

そんなに褒めるなよ、照れるじゃないか。

でも、帝級魔法を行使したのに、全然魔力が枯渇《こかつ》する気配がない。これは、どういうことなのだろうか？　最近は少し魔法に自信を持てるようになってきたが、この魔力量は前世の記憶を持っていることと、何か関係しているのだろうか？

「魔力に余裕がありましたら、今度は他の属性の帝級魔法を確認しましょうか」

「うむ、そうだな。……ん？」

サキノと話していたら、周囲に陣取っている騎士たちが騒がしくなった。どうしたのかと思って見ていたら、騎士の一人がこちらに走ってくるのが見えた。

「申し上げます！」

「許す」

俺の前で跪《ひざまず》いて頭《こうべ》を垂れた騎士に発言を許すと、騎士は顔を上げた。

「こちらに向かってくる武装集団を確認しました。皇子様には馬車にご乗車願います」

武装集団か……。誰か知らないが、それほどに俺を殺したいのか？

でも、俺だってただで殺されてやるつもりはないぞ。早速逃げることにしよう。

え？　邀撃《ようげき》しないのかって？　必要なら邀撃するが、逃げられるのであれば逃げる。そのほうが騎士たちの邪魔にならないからな。

「ゼノキア様、馬車にお乗りください！」

サキノが慌《あわ》てて俺を馬車に乗せ、発車させた。

「急げ！」

サキノと近衛騎士が馬車に並走して帝都サーリアン方面に向かう。騎士たちはあの場に留まって武装集団に対応する。

武装集団をチラッと見たが、数としては騎士たちと同じくらいだったので日頃厳しい訓練をしている騎士なら大丈夫だとは思うが、それでも犠牲者が出る可能性は否定できない。

「ここまで来れば安心ですが、このまま帝都サーリアンまで全力で走らせます」

しばらく馬車を走らせたが、後方からの追撃はないようだ。

「うむ」

サキノは油断せずにこのまま帝都サーリアンに戻ることを優先させるようだ。

「まだしばらく揺れますがご辛抱《しんぼう》をお願いいたします」

「構わぬ」

御者《ぎょしゃ》が必死に馬に鞭《むち》を入れて走らせている。帝都サーリアンの町中は石が敷き詰められていて舗装された道だったが、ここは道というのも憚《はばか》られるような悪路なので馬車は大きく揺れる。

しばらくそんな揺れを我慢していると、急に馬車が止まった。どうしたのかと外を見てみると、前方に見慣れぬ集団がいた。

「先ほどの部隊は陽動だったようです」

サキノが苦虫を嚙み潰《つぶ》したような顔をしている。

「こちらが本命のようだな。くくく。サキノやられたな」

「申し訳ございません」

サキノが頭を下げる。

「我らが血路を開きます。サキノ殿は皇子様をお守りして帝都へ」

近衛騎士隊の隊長であるソーサーが、剣を抜いて眼前の集団を睨《にら》みつけている。

「うむ、死ぬなよ」

「死ぬつもりはござらん！」

ソーサーはそう言うが、あの顔は死を覚悟している者の顔だ。ソーサーの部下である近衛騎士たちもそれぞれが腹を固めた表情をしている。

無理もない、こっちの近衛騎士は一五名だが、向こうは一〇〇人にも及ぶ大人数だ。

このまま戦えば、俺のために彼らは死ぬだろう。しかし、俺には……。

「待て」

俺は突撃しようとしていたソーサーたち近衛騎士を制止した。そして、エッダに目で合図して馬車の扉を開けさせた。

「ゼノキア様、何を!?」

「あれは俺が殺《や》る。お前たちは俺が詠唱している間、賊が俺に近づかないように食い止めよ」

「し、しかし!?」

サキノとソーサーが俺を止めようとしたが、俺はリアから火の帝級魔導書を受け取ってページを開いた。

初めて使う火の帝級魔導書だが、不思議と行使できると感じたので自信を持って詠唱を始めた。

「偉大なる炎の大神よ」

「えーい、お前たち、ゼノキア様に賊を近づけるな！」

「「はっ！」」

ソーサーの声に、近衛騎士たちが防御陣形をとった。サキノは俺のすぐ横に、エッダとリアは俺の後ろに控える。

「我は魔を追い求める者なり、我は炎を求める者なり、我は炎を操る者なり、我が魔を捧げ奉る。我が求めるは偉大なる炎の大神の猛火なり。我が前に顕現せよ、フレアバースト」

詠唱が完了すると、俺たちに襲いかかろうとしていた集団が炎に包まれた。その炎はあまりにも眩《まぶ》しく、あまりにも熱く、そして爆風が俺を吹き飛ばそうとした。

「っ!?」

「ゼノキア様！」

サキノが俺の前に立って、爆風から俺を守ってくれる。馬たちもこの爆風に驚いて暴れる。訓練された馬だが、これほどの猛火を前にしては驚いて暴れ出しても仕方がない。

「「……」」

爆風が止むとそこには何もなかった。そう、俺たちを襲おうとしていた一〇〇人以上の集団は、骨も残らず消滅してしまったのだ。

「これは……恐ろしい威力ですな……」

サキノの呟《つぶや》きが聞こえてきた。俺もそう思う。

焼けただれた地面は赤黒く煮え滾《たぎ》っていて、すぐには通れないのが分かる。

「ソーサー、馬に被害は」

「あ、ありません！」

サキノが立ちなおって、ソーサーに現状確認をした。

「すぐに帝都へ向かうぞ」

「承知しました」

ソーサーが部下の近衛騎士たちにテキパキと指示を出している間に、俺はサキノに促《うなが》されて馬車に乗り込んだ。


しかし、帝級ともなるとすごい威力だったな。一〇〇人もの名も知らぬ武装集団を一瞬でこの世から消し去ってしまうのだから。

俺は馬車に揺られながら、自分の魔法能力の展望について考えた。

風属性と火属性の帝級魔法が問題なく行使できるのが分かったのは大きい。

この調子だと他の属性の帝級魔法も行使できる可能性は高いだろう。そうなると次は伝説級、そして精霊級魔法だが……。

人類の長い歴史の中でも、精霊級魔法を行使できた者は一人しかいない。その人物は数千年前に存在した賢者といわれる存在で、その賢者は全属性を帝級魔法まで完全に使いこなし、土属性は伝説級魔法まで、得意だった火属性と風属性は精霊級魔法まで行使したと言われている。

もし、俺がどれか一つの属性でも精霊級魔法を行使できたら、賢者といわれる過去の偉人と肩を並べることになる。夢が広がるじゃないか。

ははは、いくら魔法の才能があっても、過去の賢者と肩を並べるなんてないか……。

さらに神級魔法はあるかどうかも分からない。大賢者が使えたと伝わっているが、眉唾物《まゆつばもの》と思われているし魔導書もないと言われている。

また、精霊級魔法の魔導書でさえ、このフォンケルメ帝国には二属性しか伝わっておらず、大図書館の奥深くの重要書物のエリアに保管されて、厳重に扱われている。


帝城に戻った俺は後宮にて休憩をしていたのだが、すぐに皇帝に呼び出されてしまった。多分、今回の襲撃事件のことだと思う。

皇帝の執務室に入って礼を尽くして挨拶《あいさつ》をすると、皇帝が楽にしていいと言ったので立ち上がって楽な姿勢をとった。

「襲撃部隊を殲滅《せんめつ》したそうだな」

「陽動部隊は騎士団に任せましたので、殲滅とまでは言えません」

「なるほど。だが、一〇〇人規模の敵を帝級魔法で屠《ほふ》ったそうではないか」

皇帝は何やら楽しそうな顔をしている。

「はい、いくら近衛騎士が有能でも一五名で一〇〇人の相手は厳しいと思いましたので」

皇帝に言われて、俺は一〇〇人もの人間を殺したんだと実感した。

前世では戦場で数千、数万もの敵を殺してきたので、今さら一〇〇人増えたところでなんの感慨《かんがい》もない。だけどここまでの圧倒的で一方的な戦いは俺も記憶にない。あれは戦いというより虐殺だな。

「風属性と火属性の帝級魔法は、行使できたのだな？」

「はい、他の属性はまだ試しておりませんが、風属性と火属性は問題なく」

「うむ……」

皇帝が顎《あご》に指をあてて何かを考え始めた。俺はジッと皇帝を見つめる。ここで皇帝の考えごとを遮《さえぎ》るのは不敬行為に当たるので、下手《へた》に声はかけない。

「アッダス」

「これに」

皇帝に名前を呼ばれた白髪の人物は左丞相《さじょうしょう》だ。かれこれ二〇年以上左丞相を務めていて、もうすぐ六〇歳に届く爺《じい》さんだ。

それだけ長く皇帝に仕《つか》えてきた人物ということは、それだけ優秀で皇帝の信認も厚いというわけだ。

ちなみに皇帝は五〇歳くらいに見えるが、実年齢は六二歳でかなり見た目が若い。

「ゼノキアのお披露目《ひろめ》日を前倒しする。二カ月後に設定せよ」

「失礼ながら、確認させていただきます」

「申せ」

「ただ今のご発言はゼノキア様に対し、親王宣下《せんげ》を行うということでよろしいでしょうか？」

「うむ」

通常、お披露目は五歳の誕生日に行われる。それを前倒しするというのは、皇帝が俺を気に入ったという意思表示であり、それはつまり親王にするということなのだ。

親王とは皇帝を継ぐ帝位継承権を持つ人物のことを指す。皇帝の子供でも帝位継承権を持つのは、親王という地位に就《つ》く者たちであり、数は多くない。

今現在、親王の地位にいるのは、皇太子と第二皇子、第四皇子、そして皇帝の弟と年下の叔《お》父《じ》の合わせて五人だけだ。

俺が親王宣下を受ければ、それは六人目の帝位継承権を得た者の出現を意味する。わけではなく、親王枠は皇太子を除いて四枠だけしかないのだ。つまり、俺が親王宣下を受けたら誰かが親王の座を追われることを意味している。

親王枠が四つなのは、皇帝が不慮《ふりよ》の事故や急病で他界した時の混乱を最小限に収めるためだ。全ての皇子に帝位継承権を与えると、帝位を争う人物が多過ぎて収拾がつかないからだと言われている。

それなら皇太子だけでいいのではと思うだろうが、もし皇帝と皇太子が同時に急逝《きゆうせい》してしまったら混乱に拍車がかかる可能性もあるので、皇太子以外に四人が親王になって帝位継承権を持っているわけだ。

「ケルファスをアクラマ王に封《ほう》じることにする」

「……承知いたしました」

ケルファスは第二皇子。以前、俺が毒を盛られたことがあったが、その時に毒が入ったアップルパイを母に贈ったマルム正妃の息子になる。

その第二皇子がアクラマという土地の王に封じられることになると、帝位継承権が消失したことになる。

こういうことはよくあって、現親王の第四皇子が親王になった時には、第一皇子が親王から外されている。

親王だった皇子が親王でなくなると、降格になったと言われるのを避けるために王に封じるのだが、一般的には王に封じられたら降格になったと思われるわけだ……。

「おめでとうございます」

俺の前で跪いているのは、ジークフリード・ウルティアム伯爵。ウルティアム伯爵は俺の母親の父、つまり、俺の外祖父になる。俺が親王宣下を受けるということが、とても嬉しいのだろう。

将来俺が皇帝になることがあれば、皇帝の外祖父として大きな権力を握れるかもしれないんだ、そりゃー喜ぶさ。

「お祖父《じい》様、ありがとうございます。これからもよろしくお願いします」

「はい、ゼノキア殿下の御《おん》ために」

親王にならないと殿下と呼んではいけないので、まだ親王宣下を受けていない俺に対して殿下は相応《ふさわ》しくない。

「父上、まだ親王になったわけではありませんから、殿下は早いですよ」

母が窘《たしな》めたので俺は頷くだけに留めておこう。

「あ、これは、失礼を」

頭に手をやる仕草がなんともわざとらしい。

ここは後宮の母親の部屋だが、今回は特別に皇帝が許可を出してくれたので、男性である祖父が入ってこれた。

「アーマル様もゼノキア様の親王宣下と同時に正妃になられるとか、本当にめでたいことです」

「ありがとうございます。父上」

「そうだ、今日は祝いの品をお持ちしましたぞ。お納めくだされ」

「「ありがとうございます」」

祝いの品はどれも目が眩《くら》むほど高価な壺や花瓶、そしてなにより金である。これだけ見ても、祖父の喜びが大きいことが分かる。


祖父と会った数日後には、他からも祝いの品が届くようになった。お披露目パーティーの前倒しが公表されたのだ。

本来は皇子が五歳になった時に行われるお披露目パーティーだが、このパーティーが終わると俺は四歳でも後宮から屋敷に移ることになる。

皇子のほとんどは帝城の外にある屋敷に移るが、俺は親王になるので帝城の中に屋敷を賜《たまわ》ることになった。

今、宮内省の役人と帝城内の屋敷について協議をしている。

俺としては小さな屋敷でいいのだが、宮内省の役人が提示してきた三つの屋敷はどれも宮殿かと思うような広い屋敷だ。

親王になるのだから、役人たちも俺に気を遣《つか》っているのだろうが、それが迷惑になることもある。

「これ以外にはないのか？」

目の前に座る役人は二人、その後ろには一〇人の役人が立っている。

座っているのは宮内省の役人のトップである政務官と幹部の参事官で、立っているのはその部下たちだ。

「他にも用意できますが、屋敷の規模がやや劣りますが……」

ハンカチで額《ひたい》の汗を拭《ふ》きながら、参事官のザムド・アッセンバットが答えた。こんな可愛い四歳児と話をするだけなんだから緊張するなよ。

「ゼノキア様、これ以上の物件を用意するのには些《いささ》か時間が足りません。申し訳ございません」

政務官のカムナス・エルージャだ。どうやら、提示された屋敷が小さいから、俺が怒っていると思っているようだな。そんなに不貞腐《ふてくさ》れた顔をしていたのだろうか？　俺としては屋敷の規模が大きくて驚いていたくらいなんだが……。

前世では大王だったが、宮殿や城にはほとんど住まずに戦場を渡り歩いていたから、小さな屋敷で十分に満足するぞ。

「いや、もう少しこぢんまりとした屋敷のほうがいいと思ったのだ」

「こぢんまり……ですか……？」

政務官たちは拍子《ひょうし》抜けした表情をした。

「お前たちも知っておろう、俺の命を狙っている輩《やから》がいるのを」

「は、はい……」

「屋敷が大きいと警備がしにくくなる。適度に小さいほうが都合がいいのだ」

「そ、それでしたら……」

政務官は後ろに控えている部下に視線を送ると、部下の一人が後方に置いてあった資料のいくつかを政務官に渡した。

「こちらを……」

政務官はまた三つの屋敷を提示してきた。

その資料を受け取って目を通すと、二つは先ほどの三つの屋敷よりも小さくなっているが、まだ大きいな。しかし三つ目を見た時、俺はこれだと思った。

「この屋敷でいい」

「は、はい……」

資料を受け取った政務官は簡単に目を通して、それを参事官に渡した。

「本当にこちらでよろしいのでしょうか？」

「お前が薦《すす》めたのだぞ？」

「そ、それは……」

「冗談だ。それでいい。いや、それがいいのだ」

「承知しました」

俺が選んだのは帝城の北側に建っている屋敷だ。以前、帝城の裏庭を散歩した時に見たことがある。俺の希望通りのこぢんまりとした屋敷だったと記憶している。

あくまでもこの帝城内にある屋敷の中では、という前提があるけどな。

屋敷は改修を行ってから引き渡してもらえることになった。帝城の裏庭の先にある屋敷なので、この数十年は管理人以外に誰も住んでいなかったのだ。そのため、他の物件より建物の傷《いた》みが酷いので、俺が引き取らなかったら数年後には取り壊しになっていたらしい。

改修作業は宮廷大工と言われる職人が行う。帝城内の建物や城壁の改修や取り壊し、そして建造は全て宮廷大工が行うのだ。

宮内省の次は右丞《う》相との協議だ。右丞相はパステル・アームズという名の四十代後半の紳士である。たしか、五年ほど前に右丞相に就任し、それ以前は財務大臣だったはずだ。

「わざわざお越しいただき、恐縮でございます」

物腰柔らかな右丞相だが、やりてなので油断はできない。

「いや、いい。右丞相のほうこそ忙しいところを、すまぬな」

「ふむ、聞いてはおりましたが、四歳にしてその英明さ。恐れ入ってございます」

「世辞はいい。本題に入ってくれ」

「承知いたしました。今回、ゼノキア様にお越しいただいたのは、封地《ほうち》の件でございます」

封地というのは親王の名目上の領地のことだ。第二皇子がアクラマ王に封じられたのは記憶に新しい。

王は実際にその土地に赴《おもむ》いて統治しなければならないが、親王は封地に赴くことはない。封地を実際に治めるのは代官であり、親王はその土地から上がってくる税収（お金）が懐《ふところ》に入るのだ。

実際に封地を統治してもいいが、この帝都や帝城を離れる親王はいない。なぜなら、親王は皇帝にもしものことがあった際に、次の皇帝になる可能性があるからだ。そのもしもの時に帝都にいなかったら、自分が知らないうちに皇帝が決まっていたということになるかもしれないのだから、おいそれとは遠方へは赴けない。

「うむ、俺の封地はどこだ？」

「はい、こちらになります」

右丞相が資料を差し出してきたので見ると、その資料にはソト州レーゼ郡とあった。俺の記憶がたしかなら、レーゼ郡は塩の産地として有名だったと思う。過去一〇年間の税収と人口の推移などのデータに目を通していく。

「封地については分かった。他に何かあるか？」

資料に目を通し終えて右丞相を見つめる。なかなかに端整な顔立ちをしているな。

「はい、こちらを」

右丞相は羊皮紙の束を差し出してきた。その羊皮紙を手に取って読み進める……。

「今回、ゼノキア様の家臣となる者たちの名簿にございます」

「……多くないか？」

羊皮紙にはざっと確認しただけでも一五〇人ほどの名が記されていた。中にはエッダやリア、それに乳母《うば》のカルミナ子爵夫人の名もあるので今までの家臣の名も含まれているが、それでもかなり多い。

この羊皮紙に記載がなくても、ウルティアム伯爵家（母親の実家）からも数十人規模の家臣が移籍してくるはずなので、ゆうに二〇〇人以上の家臣団になってしまう。

「ゼノキア様がアルゴン草原へ赴かれた際の、近衛《ひ》たちが全員移籍を希望しております。宮廷魔導士からも四人、他にもゼノキア様の人柄に惹かれた者が多数おりまして、はい」

俺の人柄に惹かれた者もいるだろうが、多くは帝級魔法を操る四歳の子供の将来性を見越しての仕官だろう。また、俺のところに間者《かんじゃ》を送り込むという目的もあるはずだ。

俺の将来性を考えての仕官はいいが、間者はあぶり出して闇に葬らないといけない。俺はこれまでに三度も命を狙われている。だから、そういった不安要素を抱《かか》えていると、命取りになりかねない。

ただし、今回の志願者の誰が間者なのかさすがに分からないので、全員を召し抱えることになるだろう。

間者云々《うんぬん》は置いておいても、これだけの人数を雇用するのは財政的な負担も大きい。

幸いなことにレーゼ郡は塩の産地ということもあって、税収は比較的多い土地だったのでなんとかなりそうだが、いきなりこれでは違う意味で悲鳴が出そうだ。

「分かった。以上か？」

「はい、私からは以上でございます」

さて、今回の件で俺の家臣になる者の中にどれだけの間者が紛《まぎ》れ込んでいるのか？

標的の懐に潜《もぐ》り込める家臣がもっとも危険な刺客となりえる。信用できる家臣はいったいどれだけいることやら……。


俺の前に鎧を着た極悪な顔をした大柄な男が座っている。

これまでにたくさんの人を殺してきたような顔のこの人物が、帝都サーリアンを守る騎士団の団長だ。なぜ騎士団長が俺の前に座っているのかというと、俺を襲撃した者たちについて調べていたのが騎士団なので、その報告のためである。

「つまり、襲撃者のことは何も分からなかったのだな？」

「申し訳ございません。捕縛した者どもはいずれも金で雇われただけの下っ端《ぱ》でして、情報を得ることができなかったのです」

襲撃の本隊は俺が骨も残らずに燃やし尽くしてしまったので、雑魚《ざこ》しか捕縛できなかったというのが騎士団長の弁明だ。

「委細《いさい》承知。ご苦労であった」

騎士団長との面談を終えた俺は、サキノに訊《たず》ねる。

「サキノ、騎士団長をどう見る」

「はい、何かを隠しているような節《ふし》が見受けられました」

「サキノもそう思うか……」

どうやらサキノも俺と同じように、騎士団長の言動から何か隠しごとがあると受け取ったようだ。

騎士団長としては虎の尾を踏む可能性のある厄介事は、避けたいと思っているのだろう。だが、それで騎士団長として職務を全《まっと》うしたと言えるだろうか？　いや、言えないな。


ふー、今日は忙しいな。次は本日最後にして、最大の正念場だ。

サキノと別れて後宮の中に入り、母親の部屋に向かった。

「遅くなりました」

「ゼノキア殿も忙しいのですから、構いませんよ。それに約束の時間ぴったりですから」

俺は母親と一緒に部屋を出て、後宮の奥へ向かった。あまり行きたくはないが、これもケジメなので行かざるを得ない。

後宮の中でもひと際《きわ》豪華な扉の前にやってきた。ここは皇后、つまり後宮内にあってその頂点の存在である人物の部屋だ。

部屋に入った俺と母親は、待ち構えていた皇后に挨拶をした。

「よく来ました。陛下よりゼノキア殿のことは伺《うかが》っておりますよ」

皇后は今年で五三歳になる初老の女性で、皇太子の母親でもある。

つまり親王である俺は、皇后にとって自分の息子の帝位継承を脅《おびや》かす相手である。そんな俺を値踏みするような鋭い視線を向けてくる。

「まだ四歳のゼノキア殿に親王の任が務まるとは思えませぬが、せいぜい親王の品位を落とさぬよう、精進なさりませ」

「皇后様にありがたきお言葉をいただきまして、恐悦至極《きょうえつしごく》に存じ上げ奉《たてまつ》ります」

「ありがたきお言葉」

全然ありがたくないけど、母親の次に俺もお礼の言葉を述べた。こういう嫌味を言うのも皇后の仕事だし、それを聞くのが俺たちの仕事だ。そして、嫌味を受け流す度量というものを示すことができる。

それに、こんなことでいちいち怒っていたら、怒りすぎて血圧が上がって仕方がないのが、この後宮という狭い世界なのだ。

皇后の次は正妃たちの部屋を回る。皇后との面会は大したことない。むしろ、最後に訪れるこの部屋の主《あるじ》との面会が一番精神的にきつい。

「マルム様、この度《たび》はなんと申し上げればよいか……」

そう、この部屋の主であるマルム様は、アクラマ王に封じられることになった第二皇子の母親なのだ。

「気にする必要はありません。ゼノキア殿であれば、きっとよい親王になりましょう」

この言葉は心からのものだと思う。

このマルム様は正妃にしておくのがもったいないくらい、心が優しい人物だと俺は思っている。皇后や他の正妃、側妃たちは後宮内で権力闘争に明け暮れているが、この方はそのようなことをまったくしないのだ。

残念なことに、これだけ素晴らしい方から生まれた第二皇子は、あまりよい評判を聞かないが……。

第二皇子は評判が悪いので、皇帝に見限られて王に封じられることになった。その穴埋めに俺が選ばれたというのが、正しい話の流れなんだろう。皇帝が第二皇子を親王から外すことを考えている時に、たまたま四歳の俺が都合のいいことに、ちょっとした戦功を挙げてしまったので、とどめを刺してしまった形になったのかもしれない。

「マルム様はケルファス殿と共に、アクラマに向かわれるとか？」

「ええ、私はすでに床《とこ》をご辞退して久しく、ケルファス殿以外には子もありませんから、後宮にいても陛下のお役には立てませんので」

床を辞退するというのは、皇帝との子作りを辞退したということだ。皇帝が自然と遠ざかる場合もあるが、妃は二十代後半、遅い場合でも三〇歳になると自分で床を辞退することが慣例になっている。

　これは、若い女性の方が子供を身ごもる可能性が高いためで、皇帝が効率よく子作りをするためのしきたりだ。

　マルム様は皇帝よりは若いとはいえ、すでに五十代なので床を辞退して二〇年以上たっているはずだ。第二皇子についてアクラマに向かうのは、評判の悪い第二皇子を諫《いさ》める役をするつもりなんだろう。

　本来、アクラマは皇帝の直轄地《ちょっかつち》なので、王がいると帝国はそこからの税収がなくなってしまう。

　今の皇帝は第二皇子の父親なので、父として子を処分するようなことはないと思うが、今の皇帝がいつまで健在でいるか分からない。

　次の皇帝からすれば、王がいる限りは税収が下がったままということなので、過失があれば容赦なく処分してアクラマを直轄地に戻そうとするだろう。そうさせないために、マルム様が第二皇子についていって目を光らせるのだと思う。

　だが、第二皇子は四〇近い年齢なので、今さら変われるだろうか？　兄である第二皇子がいい王になってくれたらと思うが、マルム様の心労は絶えないだろうな。

徐々に俺の親王宣下の機運が高まってきた今日この頃、屋敷の改修も終わって調度品などが運び込まれている。

もうすぐ俺のお披露目パーティー、そして親王宣下の日だ。

「ふむ、なかなかいい屋敷だ」

「ゼノキア様がお住まいになるには、少々手狭なようですが？」

カルミナ子爵夫人はもっと大きな屋敷があったのに、ここにしたことが気に入らないのだ。貴族というのは虚栄心の塊《かたまり》なので、屋敷も大きいほうがいいと思っているのだろう。

「この屋敷でも帝城の外の屋敷から見れば、大きいぞ」

「ゼノキア様は欲がなさすぎます」

ぶつぶつ文句を言うカルミナ子爵夫人を引き連れて、屋敷の中を見て回る。

「…………」

三階の奥に足を踏み入れた時だった、なんだか魔力の塊が廊下の先にあるのを見つけて足を止めた。

「どうかされましたか？」

サキノには見えないようだ。あの魔力の塊はなんだろうか？　とりあえず魔力の塊に近づいてみた。

「…………」

手を伸ばせば魔力の塊に触れられそうな位置まで足を進めた。ここまで近づくとなんとなく分かるが、この魔力の塊から嬉しそうな、そんな気配がする。

「お前はなんだ？」

「ゼノキア様？」

俺が壁に向かって話しかけているのを見て、カルミナ子爵夫人とサキノが不思議がっている。

「……………」

魔力の塊が蠢《うごめ》いた。不思議と敵意はないように思えた。魔力の塊から手のようなものが伸びてきて、俺の頬に触れてきても避けるようなことはしない。次第に魔力の塊が俺の体中を包み込んでいく。

「……そうか、お前は寂《さび》しかったのだな」

この魔力の塊は、この屋敷の意思のようなものだ。俗に言う屋敷妖精というやつだな。数十年という長き間、この屋敷には誰も住んでいなかったので寂しい思いをしていたようだ。

「これからは俺がいる。寂しくないぞ」

嬉しそうにしているのが分かる。

「お前の名はなんというのだ？」

魔力の塊はフルフルとその不定形の体を揺らした。どうやら、名はないようだ。

「俺がつけてやろう。そうだな……メイゾンというのはどうだ？」

とても喜んでいるように見えた。

魔力の塊は何度も俺にお礼を言うと（そう思えた）、パッと弾けて屋敷の中に消えていった。

いなくなったわけではなく、この屋敷の管理をするための仕事を始めたのだ。

「ゼノキア様、どうかされましたか？」

サキノの声に振り向くと、カルミナ子爵夫人とサキノが不安そうな表情をしていた。壁に話しかけている子供がいたら、誰でも心配するだろう。

「いや、なんでもない」

その後、他の部屋も見て回ったが、どの部屋にもメイゾンの魔力が感じられた。


俺のお披露目パーティーが数日後に迫っている。前世ではこんな面倒なものはなかったと、ちょっと緊張しながら日課になっている朝のランニングをする。

魔法の練習は王級までは常時行っているが、帝級はなかなか外に出ることができないのでしていない。命を狙われている身としては、少しでも抵抗できるようにしておかなければと思い、体づくりに身を入れている。

「ゼノキア様、ペースが落ちていますよ」

「うむ」

俺のペースが落ちると、サキノが注意をしてくれる。一定のペースを保って走るのはなかなか難しい。

サキノは体力もそうだが、精神を鍛えるためにもペースを保つようにと言う。常に平静で同じペースで走ることを心がけるのが、剣の道にも通じるらしい。

前世では剣も魔法も習ったが、こんな小さな時から体は鍛えなかった。小さい頃の記憶なんてほとんど忘れてしまったけどな。

だが、剣の達人が言うのだから間違いないと思って、サキノの言う通りにしている。

とても広い訓練場の壁沿いに五周も走ると、汗が噴き出てきて息も荒くなる。それを平常心を保って一定のペースで走るのはとても大変なことだ。

一〇周して俺のランニングは終了する。まだ四歳なので、体へ大きな負荷をかけない程度がいいとサキノが言うので、一〇周が今の俺のノルマになっている。

「少しずつよくなっています。この調子で続けていきましょう」

「分かった」

俺が走り終わると侍女のエッダがタオルを持ってくる。

俺はタオルで顔の汗を拭きながら息を整え、自室に向かって歩く。

走った後は止まったり座ったりせずに、しばらく歩きながら息を整えるのがサキノ流だ。


後宮の前でサキノと別れ、自室に入った。汗をかいたので着替えをして、朝食を摂《と》る。俺の朝食は毒見役が必ず少しだけ口をつけているので、パンでもなんでもそのあとが残っている。毒見をしてくれている者には悪いが、こういう食事はあまり食欲をそそらない。

「そうだ、毒をサーチする魔法を作ろう！」

解毒《げどく》する魔法はあるが、毒を事前に見ることができる魔法は存在しない。

前世の記憶では魔法の世界は日進月歩で新しい魔法が生まれると言われていたが、今世では魔法の開発も爛熟期《らんじゅくき》を過ぎてしまっていて新しい魔法はなかなか発表されない。

それなら毒を見分けることができる魔法を開発しておけと言いたいが、なんでもかんでもできるわけではないようだ。

宮廷魔導士たちは新しい魔法を開発しようと日々精進しているようだが、出尽くしてしまっているのが後発の悲しいところだな。だから、新しい魔法が開発されると大きな話題になって、開発した魔法士や宮廷魔導士はとても大きな名誉と金を得られるのだ。

毒を見分けることができる魔法なら人々の役にも立つだろうから、開発できればきっと重宝《ちょうほう》されると思う。


善は急げと言うから、大図書館に向かった。そこで毒に関する本と、解毒の本、そして毒を見ることができるヒントになるような本を探してみた。

毒に関する本と、解毒の本に関してはすぐに見つかったが、ちょっと探しただけで十数冊が見つかった。

俺はそれらの本のページをぺらぺらとめくって、内容を読んでいく。エッダとリア、そしてサキノには、毒を見ることができるヒントになるような本を探してもらっている。

なるほど、この毒は神経を麻痺《まひ》させて心臓の動きまでも止めてしまうのか……。こっちの毒は筋肉を溶かすだと？　恐ろしいものだ。

知れば知るほど、毒というものが恐ろしい存在だということが分かってきた。

「ん、これは……」

毒は適量であれば医療にも使える？　そんなことが？　植物のケシには感覚を麻痺させる毒があるが、この毒を適量使うことによって怪我や病気の痛みを和《やわ》らげる薬になるのか。

他にも、ある種の毒の場合、動物に少量を注入してでき上がった抗体を血中から抽出することによって解毒薬を作ることができるのか……。なかなか難しいことが行われているのだな。

魔法による解毒は、体内にある不純物を取り除いても、破壊された体組織は治せない。さらに毒によるダメージは、解毒後に回復魔法を行使しても治りにくいという特徴があるから厄介なのだ。

今、解毒魔法で一番高度なのは王級魔法のポイズンキュアだが、帝級魔法で毒をかけられてしまうと解毒できない可能性もある。

毒というのは、薬学にしても魔法にしてもなかなか難しい存在なのだ。

「おや、ゼノキア様ではないですか」

「ん、司書長か」

俺に声をかけてきたこの司書長は、前にも言ったが白髪で長い髭をたくわえた今にもぽっくりいきそうな老人だ。俺がよく大図書館に出入りしているので、仲よくなってしまった。

「今日はどのような本を探しておられるのですかな？」

俺は食料や水などに含まれている毒を、探知できるような魔法を開発したいと司書長に話した。

「なるほど、ふーむ……。おお、そうだ、毒ではないですが、重要書の中に似たような本がございましたぞ」

「重要書……か」

重要書というのは文字通りの意味で、重要なことが記載されている本のことだ。この重要書を閲覧《えつらん》するには皇帝の許可がいるので、残念ながら今すぐ見ることはできない。

「閲覧申請をお出しなされ。運がよろしければ、閲覧許可が下りましょう」

とりあえず、そうすることにしよう。

俺はこの日から毒探知の研究を開始した。

なんでこうなるのかな……。

俺は今、とても危険な状況に追いやられている。

ここは俺の部屋の中だが、俺を護衛する二人の騎士はすでに事切れていて、俺も左腕に切り傷を負っている状態だ。

「何者だ」

俺は左腕の傷を右手で押さえて、刺客に誰何《すいか》した。

「……………」

返事があるなんて期待はしていない。刺客が動き、俺の胸に短剣を突き刺そうとした。

俺は素早く魔力の塊を胸の前に展開し、その攻撃を防いだ。

「はぁはぁ……毒か……？」

短剣には毒が塗られていたようで、左腕の傷から体内に入った毒が効果を表し始めた。

体が燃えるように熱く、激しい痛みに襲われているのに、刺客は攻撃の手を緩めることなく俺にとどめを刺そうとする。

魔力を纏わせて刺客の攻撃を躱《かわ》しながら、体に入った毒の回収をするという高等技術をいきなりやってのけなければならない。

「くっ！」

刺客の短剣を避けるだけでも俺には大変なのに、毒まで回収して排出するとは……。いったい、誰が俺をここまで執拗《しつよう》に殺そうとしているのだろうか？　そんなに俺はその人物から恨みを買っているのだろうか？　わけが分からん。

目がかすむ。こうなったら、一か八かだ！　刺客の短剣が迫る中、俺は魔力を放出した。放出された魔力は刺客を吹き飛ばし壁に激突させた。

赤ん坊の時に無意識に刺客を吹き飛ばした魔力の波動ともいうべきものだ。いきなりやってできるか不安だったが、なんとかなったようだ。

短剣を握ったまま項垂《うなだ》れている刺客は、気絶しているように見える。だが、そんなことより今は毒への対処だ。

「かはっ⁉」

俺は魔力で体に回った毒を一カ所に集めて吐き出した。

なんとか毒を排出できたので、改めて刺客を見る。そこで扉が開きカルミナ子爵夫人たちが入ってきた。

「ゼノキア様！」

「賊を捕らえよ！」

続々と人が入ってきて、賊を捕縛した。

「ゼノキア様、傷を!?」

「大事ない」

毒はすでに吐き出しているので、水魔法で傷を塞《ふさ》ぎ、念のため解毒魔法をかけ、回復魔法もかけた。


女性騎士が刺客を縛り上げて連行しようとしている。

「待て」

俺は刺客の顔を覗き込んだ。もう目を覚ましたようだ。

「なぜ俺を襲ったのだ？」

「………」

言うわけないよな。でも、今の俺にはこれがあるんだよ。

「偉大なる闇の大神よ、我は魔を追い求める者なり、我は闇を求める者なり、我は闇を操る者なり、我が魔を捧げ奉る。我が求めるは偉大なる闇の大神の寵愛《ちょうあい》なり。我が前に顕現せよ、ファントムイリュージョン」

俺の詠唱で何が起こるのだろうと思っていた騎士たちが、なんの変化も起きないことにキョロキョロしている。

これは闇属性の帝級魔法。その効果は人の意識を乗っ取るというものだ。対象が手の届くところにいないと意識を乗っ取ることはできないが、それでも帝級魔法なので効果は抜群だ。

「皆、下がれ」

「し、しかし……」

「カルミナ子爵夫人、全員を外に」

「……承知いたしました」

俺の口調に何かを感じたのか、カルミナ子爵夫人は全員を部屋の外に退《さ》がらせた。

捕縛されているとはいえ、刺客と俺を二人きりにするようなことは本来であればないだろう。しかし、俺の気迫が口答えを許さなかったのだ。

全員が出ていったので俺は刺客の前に立って、刺客のうつろな目と視線を合わせた。

「お前の雇い主の名を言え」

「アムレッツァ・ドルフォン……」

刺客は力のない瞳をして答えた。

「ドルフォン……侯爵か」

アムレッツァ・ドルフォン侯爵は現在の法務大臣だ。大物だな……。

「第四皇子は関わっているのか？」

「知らない……」

第四皇子の母親はドルフォン侯爵の従姉《いとこ》だったはずで、第四皇子はドルフォン侯爵の従甥《じゅうせい》になる。

第四皇子は親王なので、次の皇帝になる可能性がある。もし、第四皇子が皇帝になったら、ドルフォン侯爵はそれなりの栄華《えいが》を謳歌《おうか》できる人物である。

しかし、なんで俺を殺そうとしたのか？　俺は親王になるのは決まっているが、皇帝になるわけではない。

それに俺が親王になることで不利益を被《こうむ》ったのは第二皇子であって、第四皇子ではないのだ。

さらに言えば、俺は生まれてすぐに刺客に襲われた。第一一皇子が親王になるなど、誰が思っただろうか？

「ドルフォン侯爵が暗殺に関わっている物証はあるのか？」

「ない……」

物証がないとなると、この刺客の証言をもってしてもドルフォン侯爵を追い込むのは難しいだろうな。相手は法務大臣なんだから、法の抜け道くらい分かっているだろうし。

「お前はどのような組織に所属しているのだ？」

話を変える。

「フォールンの闇……」

「そのフォールンの闇は今までも俺に刺客を送ったのか？」

「知らない……」

これまでの暗殺騒ぎをドルフォン侯爵が主導した可能性もあるけど、別の人物の可能性もある。敵は多いと考えておいてほうがいいだろう。

三章 ✧ 親王

俺の親王宣下《しんのうせんげ》が謁見《えっけん》の間《ま》で行われる。

広大な謁見の間の最奥《さいおう》にある玉座《ぎょくざ》に皇帝が座り、俺は赤いふわふわの絨毯《じゅうたん》の感触を靴底に感じながら一歩一歩ゆっくりと進んでいる。

赤い絨毯の両サイドには諸侯が並んで俺に敵意、好意、無関心な視線を投げかけてくる。

玉座は五段高い位置にあり、右隣には皇后用の席がある。皇后はこれでもかというくらい厚化粧をして自分を美しく見せようとしているが、寄る年波には勝てていない。

皇帝から一段低い場所に皇太子が立っていて、さらに一段低い場所に他の親王が立っている。

これからは俺もこの親王たちと同じ高さに立つが、前世は一番高いところにいたのだから、気負いはない。

皇帝の前に到着した俺は片膝《ひざ》を床につけ、頭《こうべ》を垂れた。

「これよりゼノキア・フォンステルトの親王宣下を行う」

数瞬の静寂《せいじゃく》の後《のち》、俺より一段上の段に立っている左丞相《さじょうしょう》が声を発した。その声で諸侯が全員皇帝のほうを向いて、俺と同じように跪《ひざまず》いて頭を垂れた。

立っているのは俺よりも高い段にいる皇太子、親王、左右の各丞相だけだ。

「ゼノキア・フォンステルトは前に」

左丞相の声で俺は立ち上がって、ゆっくりと前に進んで階段を上がる。四段目まで上がると、そこで立ち止まり再び頭を垂れた。実に面倒なしきたりだ。

皇帝が玉座から立ち上がって俺の前に進み出てくる。その手には皇帝だけが持つことができる皇笏《おうしゃく》が握られていて、その皇笏を俺の頭の上に軽く当てた。

「汝《なんじ》、ゼノキア・フォンステルトに第二の名、アーデンを与える。ゼノキア・アーデン・フォンステルトよ、我がフォンケルメ帝国の親王として民《たみ》の模範となり、誰にも恥じぬことのない生きかたを朕《ちん》に見せよ」

「ありがたき幸せ、我が生きざまをご照覧《しょうらん》ください」

テンプレートを読み上げる。

「親王ゼノキア・アーデン・フォンステルトに宝剣を授ける」

宦官《かんがん》長が恭《うやうや》しく宝剣を皇帝のもとまで持ってくると、皇帝はその宝剣を手に取って俺の前に差し出してきた。

俺は頭を下げたままその宝剣を両手で受け取って頭より高く捧《ささ》げ持ち、ゆっくりと階段を後ろ向きで下りる。

この親王宣下で一番難しいのが、頭を下げながら宝剣を掲《かか》げ、後退しながら階段を下りることだろう。ここで階段を踏み外したら一生笑い者になること間違いなしだ。

階段を全部下りたところで頭を上げて、宝剣を右手に持った。

この本城内で帯剣《たいけん》を許されているのは、親王と近衛《このえ》騎士の一部の者だけだ。

諸侯は短剣でも本城の中に持ち込むことは許されていないし、近衛騎士でも本城の中では剣の代わりに警棒を携《たずさ》えている。

剣を携行する人物は、剣を右手に持たなければならない。左手で持つと害意があるという意味になるからだ。

階段を下りても　〇歩ほど後ろ向きに後退し、皇帝から離れたら踵《きびす》を返して謁見の間をあとにした。

これで親王宣下は終わりで、次は俺のお披露目《ひろめ》パーティーに移る。

親王宣下に先立ってのことだが、先日の刺客《しかく》が牢内で死んでいたのが発見された。

俺は刺客を連行していった近衛騎士たちに、牢に投獄している間も目を離さないように命じていたが、無駄だったようだ。

それもそうだな、刺客の管理は法務省の管轄《かんかつ》なのだ。法務省のトップが俺を殺そうと送り込んできた刺客を、その法務省に引き渡すのだから生かしておくわけがない。

法律は全て皇帝が施行するので、法務省は皇帝が施行した法律に沿って裁判や受刑者の管理を行う機関だ。

法務大臣が俺の暗殺を指示した証拠があればともかく、刺客の証言だけで法務大臣を首謀者として処分はできない。

でも、俺は執政館の一角にある法務省へ乗り込んだ。

「俺を暗殺しようとした罪人が牢の中で相次いで死んでいる。これについて法務省の見解を聞きたい」

今回の刺客だけではなく、毒アップルパイ事件の時も法務省の管轄下で罪人（容疑者）が亡くなっている。

「そ、それは……」

「法務省の怠慢《たいまん》ではないか？」

「うっ……」

法務省の政務官は冷や汗ダラダラだ。

「俺が責任を問う前に身の処しかたを考えよと、大臣に伝えるがよい」

「ぐぅ……」

俺はそれだけ言って法務省をあとにした。

これは俺から法務大臣へのメッセージだ。俺は法務大臣が刺客を送ってきたことを知っているんだぞ、という脅《おど》しなのだ。

これで法務大臣が辞任するとは思えないが、こういったことでプレッシャーをかけて法務大臣がボロを出してくれればと思っている。そんなに簡単にはいかないと思うが、そうなったら儲《もう》けもの的な感じだな。

　本城内で俺のお披露目パーティーが開かれるので、俺は皇帝の後について会場に入った。

　舞台の上から来賓《らいひん》の諸侯や大商人たちを見下ろすのは、気分がいいものだ。

「皆の者、新しき親王であるゼノキア・アーデン・フォンステルトのために集まってくれたことを嬉しく思う」

　皇帝がスピーチを始めた。最近、皇帝に会う機会が増えているのは親王になることが決まったからかな？　俺が生まれた時以外は、年に一回会えるかどうかだったけど、この二カ月で両手の指の数ほど会っている。それだけ親王というのは重要な意味を持っているのだ。

「ゼノキアは類稀《たぐいまれ》なる魔法の才を持ち、非常に賢い親王である」

　新親王を大事にするのは普通だが、それでも持ち上げるねぇ。

「皆の者、ゼノキアをよろしく頼むぞ」

　皇帝がそう締めくくると、諸侯は頭を垂れて皇帝に応《こた》えた。

　皇帝の次は俺のスピーチになる。

「ゼノキア・アーデン・フォンステルトだ。本日、皇帝陛下より親王宣下を受けたが若輩者《じゃくはいもの》ゆえ、皆の助けが必要である」

　俺はそこで言葉を切って会場内にいる諸侯の顔を見ていく。法務大臣であるドルフォン侯爵のところで視線を止めた。

「皆も知っていると思うが、先日、余は刺客に襲われた」

ドルフォン侯爵にニヤリと笑ってみせる。

「これまでの人生で四度刺客に襲われたが、余はこうして生きている」

じーっとドルフォン侯爵を見つめながら話をする。

「逆に刺客は四度とも捕縛している。あぁ、三度目の時は一〇〇人以上を骨も残さずに燃やし尽くしたので、捕縛はしていないか」

そこで笑いが起きた。ただし、ドルフォン侯爵は笑っていない。

「余を殺したい者がいるのは明白だが、これからは反撃に気をつけることだ」

会場内が凪《なぎ》の湖面のようにシーンとした。

「これまで刺客を送ってきた者、これから刺客を送ってくる者、共に枕を高くして寝られると思わぬことだ」

水を打ったような静けさで物音一つしない。

「おっと、これは余のお披露目パーティーであったな。刺客の話は不適切だった、許せよ。では、皆、楽しんでくれ」

ここで楽団に曲を奏《かな》でるように合図をすると、指揮者が慌《あわ》ててタクトを振りだして音楽が始まった。

今回、俺は親王になったので対外的な一人称を『俺』ではなく『余』に変えている。皇帝は

『朕』で親王は『余』を使うのが一般的なのだ。

　次は諸侯の挨拶《あいさつ》が始まった。挨拶は上位の者から行うのが慣例だから、最初は皇太子だ。

「ゼノキア、なかなか面白いスピーチだった。余が四歳の時にあのようなスピーチをするなど考えられぬわ。ははは」

　皇太子は本当に愉快そうに笑ったが、皇太子だって命を狙われる可能性があるんだから、気を抜くなよ。

「兄上、ありがとうございます」

「だが、刺客についてはどう対処するのだ？　余も他人事《ひとごと》ではないからな」

　ほう、一応は気にしているんだな。帝位を狙う人間にとって皇太子は一番の邪魔者でしかないのだから、警戒しなければならない。

　だが、この皇太了を殺そうとする人物はいるのか？　残念なことに、この皇太子に見るべきところはない。特筆すべき能力もなく、いい意味でも悪い意味でも普通なのだ。

　刺客は差し向けたほうもそれなりのリスクがあるので、普通の皇太子をあえて殺そうとするのは間の抜けた奴だけだろう。

　そんなことをするよりも、皇太子派の諸侯を抱き込むほうがリスクは少なくて済むし、もしかしたら勝手に皇帝候補から脱落してくれるかもしれないのだから。

　生まれたばかりの俺に刺客を送った人物は、何を考えて刺客を送り込んできたのかな？　将来のために殺しておけば、邪魔者が少なくて済むという程度の考えなのかもしれないが、個人的な恨みも捨てきれない。

この場合は母親への恨みを俺に向けた感じだろうか？　まあ、直近の刺客は法務大臣が送り込んできたのは分かっているので、法務大臣だけには何かしらの対応をしたいが、簡単なことではないんだよな。

「大したことではありません。基本の基本である警備を厳重にするだけです」

「なんだ、ゼノキアのことだから何か驚くような対策でもしていると思ったぞ。ははは」

警備を厳重にする以外のことがあっても、それを教えるわけないじゃないか。俺に刺客を送ってきている人物が皇太子じゃないという証拠はないんだぞ、それを分かって聞いているのか？

ただ、この能天気皇太子がそんなことをするとは思えないけどな。

次は皇帝の弟の親王、そして皇帝の叔父《おじ》の親王、ついで第四皇子《おうじ》（親王）が順に挨拶に来た。

第四皇子に関してはお坊ちゃんという感じだが、皇帝の弟と叔父の親王はひと癖《くせ》もふた癖もありそうに見えた。

疑い出したらキリがないが、俺が死んだら喜ぶ人物は多いので気を抜かないようにしよう。

もし、今、俺が死んだら、親王の椅子が一つ空席になるから、他の皇子たちは俺に死んでほしいと思っていることだろう。

はあ、やだやだ。こんな殺伐《さつばつ》とした政争なんて俺の柄《がら》じゃないんだよな。俺は戦場に出てブイブイ（死語）言わせていたほうが性《しょう》に合っているんだよ。

本来、お披露目パーティーは皇子が五歳になったことを祝うと共に、皇子がどのような人物なのかを諸侯が見定めるためのものだ。

しかし、俺の場合は新しい親王を諸侯に知らしめるためのパーティーなので、自然と来賓の数も多くなる。皇子と親王では立場に天と地ほどの違いがあるからだ。

皇子はこのフォンケルメ帝国の皇帝の息子で皇帝の権力と母親の実家の権力をバックにした力しかないが、親王は親王自身に権力がある。その権力がどんなものかというと、まずは親王府を設置できる。親王府の特徴の一つに軍を持つことが許されているのだ。

軍の規模は決められていて兵員はそこまで多くないが、それでも皇子では軍を持つことは許されていないので大きな差だ。違いは他にもあるが、それはおいおいと説明をしていけばいいだろう。

「ゼノキア殿下、おめでとうございます」

左丞相がお祝いの言葉をくれた。親王宣下後なので、今までのように『様』ではなく『殿下』と呼ばれる。

「左丞相殿、ありがとう。これから、余が正しき道を進めるように見守ってくれ」

「殿下が正しき道を進めますよう、このアッダス・フォームルも祈っております」

ここで俺を導くとか言ったらいけない。親王を導くのは皇帝だけなので、いくら行政の最高位である左丞相でもそのような発言をしてはいけないのだ。しかし、さすがは左丞相、ひっかからなかったな。

左丞相に続き右丞《う》相の挨拶があって、それから各大臣の挨拶を受けた。その中には法務大臣であるドルフォン侯爵の姿もあった。ドルフォン侯爵は平然を装《よそお》っていたがその額《ひたい》には汗がにじんでいた。

さて、これからドルフォン侯爵はどのように動くだろうか。できれば、早いとこ馬脚を現してほしいものだ。

大臣の次は各皇子の挨拶だが、第一、第五、第九皇子はすでに他界しているし、俺のすぐ上の兄になる第一〇皇子はまだ五歳になっていないので、このお披露目パーティーには出席していない。

第一一皇子の俺と第一〇皇子はたった一カ月しか誕生日が離れていないので、お互いにまだ四歳なのだ。

問題は俺が親王になって、親王から押し出されるように王に封《ほう》じられた第二皇子だ。俺一人ならまだよかったが、俺の隣には皇帝がいるのにあからさまな嫌味を言ってきた。

「余が王に封じられたことで親王の席に空きができて、お前は親王になれたのだ。余に感謝するのだぞ」

「兄上、そのようなことを仰《おっしゃ》っているから、王に封じられるのですよ」

第二皇子が俺に当てつけてきたのを窘《たしな》めたのは、第六皇子だった。この第六皇子は俺より二〇歳上の皇子だが、会うのはこれが初めてだと思う。第六皇子はこういったイベントがなければば国内を旅して回っているので、滅多《めった》に帝都《ていと》サーリアンにはいないのだ。

　エストリア教というのがこの帝国の国教だが、第六皇子の同母妹である第七皇女《おうじょ》がエストリア教の聖女に祭り上げられていて、第六皇子自身もエストリア教の名誉大司教を拝命している。

　エストリア教と皇室は切っても切れない存在だし、二人の母が先代の教皇の娘というのもあるから第六皇子は布教活動をしながら帝国中を旅して回っているのだ。

「やぁ、ゼノキア殿下。初めまして、僕はラインハルトです。一応、殿下の兄になります」

　言葉遣《づか》いは軽いが第六皇子は名誉職とはいえエストリア教の大司教なので、その発言力はバカにできない。

「ラインハルト兄上、初めまして」

「うーん、ゼノキア殿下は可愛いねぇ〜。食べてしまいたいよ」

　第六皇子は俺の頬をぷにぷにしてきた。ちょっとウザイ。

「兄上、こんなに可愛いゼノキア殿下はまだ四歳なのですから、年長者が嫌味など言っては度量が狭いと言われますよ。まぁ、そんなことだから王に封じられたのでしょうが」

「なんだと!?」

「そんなにすぐカッカしないでくださいよ。本当に兄上は」

「ケルファス、ラインハルト、止《や》めぬか」

「へ、陛下……」

「陛下、失礼しました」

皇帝に咎《とが》められて二人は下がっていった。でも、第六皇子は立ち去る際に俺にウインクしていったので、皇帝に雷を落とされても堪《こた》えていないのは明らかだ。逆に第二皇子はしょんぼりしているのがすぐに分かった。

窘められただけなのに親に叱《しか》られた子供みたいだ。いや、皇帝の子供だけどさ……。あれで来年四〇歳近いのだから頼りないにもほどがある。それに、自分の立場が分かっていないのだから質《たち》が悪い。マルム様が可哀そうだ。

その後は皇女、諸侯、有力商人などの挨拶があって、全員の挨拶を受けるのにものすごい時間がかかった。

俺はこれから、こういった人たちとの関わりが増えていくことになるが、気を引き締めていかないと食い物にされて親王の座から転落どころか、この首が飛ぶことになるかもしれない。

ちなみに、皇后を始めとした妃はこのお披露目パーティーには来ていない。俺だけではなく皇子は生まれてからの五年は後宮《こうきゅう》に住んでいるので、妃たちとはそれなりに顔を会わせているので、お披露目する必要がないというのが理由だ。


「お疲れ様」

「ああ、疲れたよ」

お披露目パーティーも終わり、俺は自分の屋敷の自室で椅子に深く腰掛けた。この屋敷は帝城の北側にある庭園の一角にあるので、夜だけではなく昼でも静かな場所だ。

数十年前の親王が住んでいた屋敷だが、その親王は現皇帝の父、俺にとっては祖父になる方で先代の皇帝だ。

先代の在位期間は短かく、すぐに今の皇帝が帝位を継ぐことになったため、ほぼ現皇帝の在位の期間だけこの屋敷は空き家だった。

「今日は風呂に入って、ゆっくりと寝ることにするよ」

「風呂、用意する」

「うん、頼んだよ。メイゾン」

この侍女の制服を着た可愛らしい少女は、この屋敷妖精のメイゾンだ。

この屋敷に俺が引っ越したのは今日だけど、俺がこの屋敷を毎日訪れるようになってから次第に力を取り戻して人間の姿に顕現《けんげん》できるまでになった。

この屋敷の中のことは全てメイゾンが掌握《しょうあく》しているので、刺客が侵入してもメイゾンが無力化してくれる。思わぬことで刺客対策ができたが、これはあくまでもこの屋敷内の話なので、外ではそうはいかない。

これからは帝城の外に出ることも多いだろうから、その場合の対策を急がないといけないな。

俺の部屋の中にはエッダとリアもいるが、二人はすでにメイゾンのことを知っているので、今のやりとりについてはスルーしている。

「ゼノキア、風呂、用意、できた」

「ありがとう」

エッダとリアも一緒に部屋を出て風呂についてくる。風呂には入浴を世話する侍女がいて、俺の背中とかを流したりする。だから、二人は風呂の脱衣所の前で俺を待っているだけだが、俺としてはいちいち侍女がついてくるのはどうかと思っている。

外に行くならともかく、屋敷の中ならそこまでついてこなくてもいいだろうに……。


「ふー、気持ちいい風呂だった」

風呂から上がった俺は、メイゾンが用意してくれた果実水を飲む。風呂上がりにキンキンに冷えている一杯は体に染《し》み渡る。

メイゾンお手製のこの果実水は甘みと酸味がほどよいアップルの果汁を水で割っているものだ。用意してくれたのがメイゾンなので、毒を気にすることもなく一気に飲み干せる。

「美味《うま》い！」

「よかった」

にこりと笑顔を作ったメイゾンに空になったコップを渡すと、メイゾンは消えていく。どういう原理か分からないが、コップも一緒に消えてしまう。

俺はベッドに上がって胡坐《あぐら》をかく。魔力の鎧《よろい》を完全に自分のものにするために、寝る前の訓練だ。

魔力を外皮に固着させては解除して、また固着させる。それを繰り返すしか練度を上げる方

法がないので、愚直と言ってもいいほど繰り返す。

訓練をしているといつの間にか眠気が襲ってくるので、ごろりとベッドに寝転がる。俺が寝たらエッダたちが俺に毛布を掛けてくれるので、俺は寝落ちするまで訓練を続けることができるのだ。


お披露目パーティーが行われた数日後の天気のよいある日のこと。

「殿下、カルミナ子爵夫人とサキノ様がお越しです」

扉の向こうから二人の訪問を伝える声がした。

「入れ」

ここは俺の執務室で、午前中に訓練を終えると昼食を摂《と》ってから執務をするのが最近の日課になっている。

俺の許可で執務室に入ってきた二人の後ろに、三人の子供が続いて入ってきた。

「殿下の小姓《こしょう》をご紹介します」

カルミナ子爵夫人は俺に綺麗なお辞儀をして、三人の子供を前に出した。

小姓というのは皇族や貴族に仕《つか》える子供のことで、その子供も貴族の子弟が多い。通常は守《も》役《やく》がつく八歳くらいからつけられるが、俺は四歳で親王になったのでカルミナ子爵夫人とサキノが人選を進めていたのだ。

「うむ」

「そちらの者から、テソ・アルファス。アルファス侯爵家の三男で九歳になります」

スラっとした容姿の子が、紹介されると一歩前に出て俺に頭を下げてもとの位置に戻った。

アルファス侯爵は外交畑の貴族だったと記憶している。二年前まで外務大臣だった前当主が高齢を理由に外務大臣を辞した時に、家督《かとく》を息子に譲っていて今の当主は外務参事官だったか。

「次の者がカジャラーグ・ザンガライド。ザンガライド伯爵家の四男で八歳になります」

八歳にしては大柄なカジャラーグが、テソと同じように一歩前に出て頭を下げてから戻った。

ザンガライド伯爵家は軍閥《ぐんばつ》で、現在の当主は中将《ちゅうじょう》だったと記憶している。このカジャラーグという子は父親の血を濃く受け継いだのか、本当に立派な体格をしている。まだ八歳だというが、見た目は一二歳くらいに見えるぞ。

「最後はセルミナス・ポステンです。ポステン家の長男で六歳になります」

「ポステン……？」

ポステン家というのは聞いたことのない家名だな……。

「セルミナスは第三六代皇帝陛下の玄孫《やしやご》にあたります」

現皇帝が三八代目なので、第三六代皇帝は先々代の皇帝になる。

三七代目は俺の祖父になるが、その三七代目の兄になるのが三六代目だ。つまり三六代目の皇帝は俺にとって大伯父《おおおじ》に当たる。

そんな大伯父の玄孫のセルミナスが俺の小姓になったのは、ポステン家が皇族ではないからだ。皇帝の子は皇子や皇女で皇族だが、その子（皇帝の孫）は皇族ではないのだ。

皇帝は子供を多く作って血統を絶やさないことが使命の一つだが、孫に関しては関知しない。皇女は貴族に降嫁《こうか》することが多いのである意味よいのだが、皇子の場合は皇子のうちに子供に残せる何らかの資産や爵位がないと、皇子が亡くなった後《のち》にその家族が困窮《こんきゅう》するのはよくある話だ。

そんなことから玄孫だと皇族の系譜にも載《の》っていないかもしれないな。いや、確実に載っていないだろう。

「これからこの三人が殿下の小姓として、おそばにお仕えします」

「テソ・アルファス。カジャラーグ・ザンガライド。セルミナス・ポステン。励めよ」

「「「はい！」」」

俺が名前を呼んで激励すると、三人は元気に返事をした。微笑ましい光景だが、今の俺が四歳と一番若いのだが……。

「殿下、カジャラーグとセルミナスはなかなか剣筋がいいです。私がしっかりと鍛えます」

「サキノに見込まれるとは、素晴らしい才能の持ち主のようだな」

俺に褒められて二人は嬉しそうにしている。

「殿下、テソも頭の回転が速く将来有望です」

「カルミナ子爵夫人が人を褒めるとは珍しいこともあるものだ。将来が楽しみだ」

四歳の言葉ではないな。自分でもそう思っているのだから、何も言わないでくれ。

この日から三人は俺の小姓として仕えることになった。

歳月が過ぎて、俺は八歳になった。そんなある日、皇帝から呼ばれたので本城の中にある皇帝の執務室に向かった。

すると、皇帝の他に珍しく左右の各丞相が揃《そろ》っていた。親王になって三年がたっているので、何度も皇帝の執務室に入ったことがあるが、左右の各丞相が揃っていることは滅多にない。

そんな珍しい光景を見てしまったためか、なんだか身構えてしまう。

「陛下にご挨拶申し上げます」

膝をついて頭を下げて、礼を尽くした挨拶をする。

「ご苦労、楽にするがよい」

立ち上がって楽な姿勢をとる。

「キース、あれを持て」

「はい」

キースというのは宦官長のことだ。その宦官長が漆《うるし》塗りに金箔《きんぱく》で蒔絵《まきえ》を施《ほどこ》した豪華なトレイに、羊皮紙《ようひし》をたくさん入れて持ってきた。なんなんだ？

「ゼノキアに縁談の話が来ている。選ぶがよい」

俺に縁談の話だったのか。しかし、数が多くないか？　トレイに積まれている羊皮紙が全て縁談話なら、両手両足の指では数えられないほどの親王妃《ひ》の候補者がいることになる。

「数日考えて回答するがよい」

「陛下のよきようにお計らいください」

それらの羊皮紙に記載されていることで正しいのは、出自と年齢くらいなものだろう。容姿は人の主観によって、可愛いや美しいなど言いようがあるのであてにできないし、性格だって猫を被《かぶ》っているのは当たり前だ。

だから、確認をするまでもない。そして何より、皇帝に選んでもらったほうが皇帝の心証もよくなるってものだ。

「見ないのか？」

「陛下がお選びになられた方に否《いな》はございません」

「……ゼノキアは本当に八歳か？　のう、アッダス」

「誠に聡明《そうめい》な親王殿下にございます」

中身は前世の記憶持ちだからな。

「分かった」

そう言うと、皇帝は一番上に置かれた羊皮紙を持ち上げ、宦官長に渡した。

どうやら俺が皇帝に任せすると、最初から踏んでいたような表情だ。食えねぇ皇帝だ。

「ガルアミスの孫娘にする」

ガルアミスは……たしか侯爵で軍閥の重鎮だったと記憶している。軍での階級は大将だったはずだ。

この帝国はいくつかの紛争を抱《かか》えていて、その紛争の一つでガルアミス大将が鎮圧軍を率いているはずだ。鎮圧軍と言っても、実際は駐留軍だ。その地域に目を光らせ、ことあればすぐに対処する軍だな。

俺のお披露目パーティーの時には紛争地域にいて出席できなかったので、息子が代理で出席していたと記憶している。おそらく、その息子の娘が俺の婚約者になるのだろう。

「ありがたき、幸せに存じます」

俺は宦官長から羊皮紙を受け取った。これで用件は終わったと思うが、勝手に帰るわけにはいかない。皇帝が「帰っていい」と言わないと動けないのだ。

そう思いながら皇帝を見ていたのだが、許可が下りないんだけど？

「次、パステル」

右丞相が皇帝に頭を下げて、前に出た。

「ゼノキア殿下よりありました、重要書の閲覧《えつらん》申請の件ですが、陛下より許可が下りました」

おお、やっとか！　さすがに重要書エリアだ。立ち入り許可には時間がかかったぜ。三年も待ったので、待ちくたびれたぞ。これで、少しは毒探知魔法の研究が進むだろう。

「お礼申し上げます、陛下」

「よい。ゼノキアの研究が進めば、朕も恩恵を受けられるだろう」

皇帝にも毒見役がいるからな。俺が感じたことは皇帝だって感じているということだ。

「よい結果をご報告できますよう、努力いたします」

皇帝はうむと頷《うなず》くと、退出許可を出した。

皇帝の執務室を出ると、サキノと三人の騎士が俺を待っていた。

本城の中でも襲われる可能性がゼロではないので、そのための護衛だ。俺は要《い》らないと言ったんだが、カルミナ子爵夫人が目くじらを立てて連れていけと言う。

まあ、これまでに四度も命を狙われているのだから、カルミナ子爵夫人にしてみれば安心できないのだろう。

「余に婚約者ができたぞ」

サキノたちは一瞬目を見開いて驚いた。

羊皮紙をサキノに渡す。

「おめでとうございます」

「「「おめでとうございます」」」

めでたいかどうかは、婚約者次第だ。すぐにガルアミス大将の娘について調べないとな。

「サキノ。すぐにガルアミス家の情報を集めるんだ」

「承知しました」

「それと、重要書の閲覧許可も出たぞ」

「それは、ようございました」

親王といえど重要書の閲覧は簡単ではない。三年も待たされたのだから、どんな書物が眠っているのか楽しみだ。

「うむ」

　俺はサキノと話しながら歩いた。

　重要書の閲覧許可が下りたので、早速、大図書館に向かった。

「司書長、許可証だ」

「おお、よかったですな。君、重要書エリアの鍵を」

　若い司書が奥から鍵を持ってきて司書長に手渡すと、「向かいましょうか」と言って司書長は大図書館の奥へ歩き出した。

「失礼ながら、この許可証は殿下のみの入室を許可するものです。サキノ殿たちはこちらでお待ちを」

　重要書を保管しているエリアの入り口の前で、司書長は俺以外の立ち入りを止めた。

「しかし――――」

　俺はサキノを手で制した。

　許可証には俺だけの許可と記載がある。押し問答をしても、入室が認められないのは分かり切っている。

　それにサキノたちが無理に踏み入ってはサキノたち護衛だけではなく、司書長まで処罰されてしまう。

「ここで待て」

「……分かりました」

俺は司書長に続いて重要書エリアに入っていく。

「たしかここら辺に……おお、ありましたぞ。これです」

八歳なので背もそれなりに伸びてはいるが、俺では手の届かない場所に本が納められていた。

司書長が目的の一冊を取ってくれた。分厚い藍《あい》色のカバーの大きな本を受け取る。それは体を鍛えている俺でも重いと感じるほどの重量で、すぐに体中に魔力を纏《まと》わせて身体能力を上げた。

「他にもお持ちしますので、そこの机でお待ちください」

「うむ、頼んだぞ」

俺は机の上に重たい本をドサッと置き、椅子に座った。

重厚な表紙を開け羊皮紙をめくっていく。この本は呪い系魔法とその解除方法がまとめられたものだった。

その中に、呪いの詳細を確認するための魔法があるのが目についた。

魔法は詠唱すると行使できるものと、詠唱の他に触媒《しょくばい》が必要なものがある。そして、呪いを確認する魔法には、触媒が必要になる。

しかも、光属性と闇属性の適性がそれぞれ王級に達していないと、魔法を行使することができないと書いてあった。つまり、呪いを確認する魔法は二属性が必要だというのが分かったのだ。

　まさか、複数の属性が必要な魔法があるとは思ってもみなかった。これは大きな一歩だ。毒探知の魔法も複数の属性が必要なのかもしれない。

「こちらも役に立つかもしれませんぞ」

　俺が呪いを解除する魔法について読み進めていると、司書長が別の本を持ってきて、また本棚の列の中に消えていった。

　司書長でもこの重要書エリアには週に一回のチェック時にしか入れないそうだから、イレギュラーで入れるのが嬉しいようだ。ちなみに、禁書になると年に四回しか入れないらしい。

　次の本は真っ青なカバーのもので、これは水魔法の伝説級魔法の魔導書だ。目に水の魔力を纏わせて対象を見ると、その者が持つ魔力量や属性が分かるというものがあった。

　なるほど、魔力を毒に置き換えることができれば、毒を見つける魔法になるかもしれないな。

　司書長が集めてくれた本を読みふけっていると、一般書エリアとの仕切りである扉がノックされた。

「なんじゃ、邪魔しおってからに」

　司書長も重要書に囲まれて嬉しいようだから、ノックをしている人物が邪魔者にしか思えないのだろう。

「今は忙しいのだ」

「すでに日も暮れている。殿下を解放しろ！」

司書長とサキノの押し問答が聞こえてきた。そうか、もう夜になっていたのか。本を読むのに夢中で時間を忘れていたぞ。

この重要書エリアは窓がなく、魔法アイテムによって淡い光で照らされているので、時間の経過が分からないのだ。

「司書長、明日も来る」

「む、そうですか……」

そんなに残念そうにしなくてもいいだろうに。

「明日も頼むぞ」

「分かりました」

毒探知の魔法研究は始まったばかりだから、急ぐ必要はない。


「いい感じですよ、そうそう」

俺は親王だから、社交界で恥をかかないようにダンスのレッスンも受けている。

だが、ダンスは得意ではない。剣舞《けんぶ》なら好きなんだが。

「はい、よろしいですよ。今日はここまでにしましょう」

カルミナ子爵夫人がダンスの先生なのだが、俺の乳母《うば》ということもあってこの人には頭が上がらない。

実質的に俺を育ててくれたのはカルミナ子爵夫人なので、母親のような存在だからだろう。

男というのは、いつの時代も母親に頭が上がらないものだ。

ダンスの次は魔法の訓練だ。すでに帝級魔法を行使できる俺にこの分野での先生はいない。この帝国で最も優秀な魔法使いの一人が、この俺だからだ。

だが、俺の隣には元宮廷魔導士の四人がいる。男性二人と女性二人だが、この四人は俺から見てもとても優秀な魔法使いだ。

四三歳男性のロイドは、火属性が王級で闇属性が上級まで使える。

三四歳男性のアザルは、水属性が王級で光属性が中級だ。

三七歳女性のケイリーは、光属性が王級で火属性が上級、そして風属性が中級と三属性に適性がある。

二四歳女性のロザリーは、風属性が帝級で土属性が上級なので期待の魔法使いだ。

四人は元々帝国の宮廷魔導士だっただけあって、実戦でも研究でも実績がある。それが今では、俺の家臣になっている。

「ロイド、複数の属性を同時に行使することは可能か？」

「おそれながら、複数の属性を行使するのは困難かと」

「ケイリー、それはなぜだ？」

「はい、詠唱はそれぞれの属性の神に祈ることにも等しく、同時に複数の神に祈るのは邪《よこしま》だと言われています」

「アザル、なぜ複数の神に祈るのは邪なのだ？」

「複数の神に祈りを捧げると、神々の間で争いが起き、魔法を行使するどころの話ではないからです」

「ロザリー、神々はなぜ争うのだ？」

「殿下、それは我らのような常人では理解できないことでございます」

「四人に訊《たず》ねる。神が争うところを見たことはあるか？　見たことがある者を知っているか？」

「「「「……」」」」

四人は黙り込んだ。前世の俺も複数属性の魔法は知らない。魔法を行使できたといっても、研究していたわけではないので複数属性魔法があっても知らなかっただけかもしれないが……。

だが、神が争うから複数属性魔法が行使できないというのは、明らかに矛盾《むじゅん》がある。もしそうなら、呪いを確認する二属性魔法は存在できないはずなんだ。

「四人は重要書に指定されている魔導書を読んだことはあるか？」

「「「「いいえ、ございません」」」」

元宮廷魔導士でも重要書を見るのは容易ではないということだな。もし、重要書に指定されている魔導書を読んでいれば、複数の属性を同時に行使することができると知っているはずだ。

俺はこれを四人に教えるか迷った。重要書の内容を教えることが、四人にとっていいことなのか……。

しばらく様子を見て結論を出すことにした。

四人は四人で魔法の訓練をし、俺は俺で魔法の訓練をする。

手に持ったのは、アクアリムズという魚の目を乾燥させて粉末にした触媒だ。なんでこんなものを持ってきたかというと……。

「清浄なる水の大神よ、我は魔を追い求める者なり、我は水を求める者なり、我は水を操る者なり、我は水を内に秘めし者なり、我が魔を捧げ奉《たてまつ》る。我が求めるは清浄なる水の大神の瞳なり。我に力を与えたまえ。マジックサーチ」

アクアリムズの目の乾燥粉末を目の前に撒《ま》いた。すると、水属性の魔力が俺の瞳を覆《おお》っていき、それまで見えていた光景が様々な色に書き換えられていく。

「で、殿下、それは……？」

「まさか……伝説級魔法……？」

ロイドとロザリーが気づいたようだ。

「少し待て」

俺も初めての魔法だし、伝説級魔法なので制御にちょっと苦労している。だから、今話しかけられると気が散って、コントロールができなくなるのだ。

意外と魔力の消費が激しい。帝級魔法で一〇〇人の賊を焼き尽くした時のほうが広範囲なのに、目に魔力を纏わせるだけのこの魔法のほうが数倍も魔力が必要だ。制御も数十倍大変だ。さすがは伝説級魔法というべきか。

魔力消費の激しさと魔法制御の難しさによって、マジックサーチはすぐに効果を消失してしまった。

「ふー、思った以上に難しいな」

俺はその場で地面に腰を下ろした。

「「「「殿下!?」」」」

「大丈夫、少し疲れただけだ」

俺は大きく息を吸って、細く吐き出した。こうすると魔力の回復が早いのが最近分かってきた。

「よし」

俺は立ち上がり、四人の元宮廷魔導士を見た。

魔法使いは魔法上とも言われている。なぜか知らないが、魔法士という呼び方のほうが帝城内で多く使われているのだ。

「なんだ、伝説級魔法がそんなに珍しいか？」

「珍しいという次元の話ではございません！」

「おい、唾《つば》を飛ばすな」

「し、失礼しました！」

ロイドが地面に土下座をして詫びてきた。そこまでは要求していないぞ。

「そういうのはいい。立て」

「はい！」

ロイドがジャンプするように立ち上がった。なんだか面白いな。

「しかし、殿下。伝説級魔法なんて宮廷魔導士長殿でも行使できませんのに」

ケリーがキラキラした目で俺を見てくる。うーん、キラキラ瞳は三七歳の女性にはちょっと無理があるかな……。

「分かっている。だが、このことは当分口外《こうがい》するな。まだ完全に制御できていないのに、噂になるのは好ましくない」

「「「「承知しました！」」」」

四人はとにかく魔法に関して貪欲《どんよく》だ。新しい魔法を開発できれば、魔法士として最高の栄誉と名誉、そして金が手に入るのもあるが、何よりも魔法を発動させるのが楽しいのだ。

その気持ちは俺も同じで、魔法を訓練している時は少年のような心になってしまう。今世での年齢は八歳でも前世ではオッサンだったのだから、こういう楽しい気持ちになれることは新鮮で嬉しいものだ。


「殿下。大変です！」

元近衛騎士の隊長で今は俺の私設騎士団長をしているソーサーが、執務室に駆け込んできた。

「騒々しいな、何があった？」

「迷宮《ラビリンス》です！　迷宮が帝都の郊外に出現しました！」

「迷宮だと……？」

迷宮とは魔人が作り出す、異常な世界のことだ。異常な世界と言われても、分かりづらいと思うだろう。だが、迷宮は個々によってその性質が違うため、一概《いちがい》にこうだと言うことができない。

共通しているのは、迷宮から多くの異形《いぎょう》のモノが出てくるということだ。異形のモノは人を襲い、大地を穢《けが》す。だから、迷宮から出てくる前に討伐しなければならない。

帝国は国土が広く、紛争地域を多く抱えている他に、迷宮も多い。

紛争地域は軍が対応しているが、迷宮は騎士団の担当だ。だから、毎年多くの騎士が迷宮で命を落とす。

「騎士団は動いているのか？」

「すでに五個小隊が迷宮内に入って調査を、一個中隊が迷宮の周囲を封鎖しております」

小隊は一五人前後、中隊は四五人前後の規模だ。

「今後、二〇個小隊が投入され、迷宮魔人の討伐にあたるとのことです」

「探索者ギルドはどうなっているんだ？」

探索者ギルドとは、迷宮を専門に探索する者たちの組織だ。迷宮内に現れる異形のモノは、魔法アイテムの素材になることが多い。その素材を集めるために、探索者と言われる人々が迷宮に入るのだ。

「すでに探索者ギルド総本部に、伝令を送ったそうです」

探索者ギルドの総本部は、帝都から離れた場所にある。これまで帝都周辺には迷宮が出現してなかったことで、帝都には探索者ギルドの総本部どころか支部さえなかった。

今回のことで探索者ギルドが人を送ってくるだろう。迷宮は金になるので迷宮魔人を討伐した後は、探索者ギルドがその管理をすることになっているからだ。

「俺も迷宮探索をしてみたい」

「それは危険にございます。殿下」

サキノがやっぱりかといった感じで、諌《いさ》めてくる。

「分かっている。だが、迷宮内であれば、俺の魔法が思いっきり放てると思うんだ」

「アルゴン草原で訓練すればよろしいかと」

「サキノ殿。そのアルゴン草原に迷宮ができたのだ」

ソーサーがサキノの言葉に口を挟む。アルゴン草原とは、以前武装集団に襲われて、帝級魔法で百人ほどを骨も残さず焼き殺した場所だ。

「あそこはあまり人が入らないから、迷宮を作るのには丁度よかったのだろう」

時間がたてばたつほど、迷宮は深くなる。そのため、魔人は辺鄙《へんぴ》なところに迷宮を作り、発見を遅らせる傾向がある。

「まあ、騎士団の活躍に期待だな」

正直なところを言うと、迷宮は戦闘経験を積むのに非常に都合がいい。

この数年は刺客に襲われることもなく、毒を盛られることもなかったが、それは屋敷の警備

が厳重だからだ。

　俺の命を狙う者が減ったとか、命を狙う必要がなくなったわけではない。もっとも、なぜ俺の命を狙うのかが不明なので、どうすれば刺客を気にすることなく暮らせるかは分からない。

　そんなわけで、俺の身は俺自身で守る必要がある。毒に関しては毒探知魔法を開発する取り組みをしているが、物理的に攻撃してくる刺客を自分一人だけで排除できるだけの力がほしい。

そのために戦闘経験を積みたいわけだ。

「ソーサー。今後もその迷宮について細かく報告してくれ」

「承知しました」

　ソーサーが執務室を出ていくと、サキノのため息が聞こえた。

「なんだ、何か不満か？」

「いつかは私の反対を振りきって、迷宮に入ろうと思っておいででしょ？」

「……そんなことはないぞ」

「そうやって目を逸《そ》らすところが、とても怪《あや》しいですな」

　サキノは俺のことをよく分かっている。さて、どういう理由を作って迷宮に入ろうかな。

四章 ✧ 研究者

毒というのは効果を弱めることで薬にもなる。その考えでいくと、薬でも過剰《かじょう》に摂取したら毒になるのではと考えた俺は、それを試してみることにした。

「しかし、試してみると言っても、どのように試すのですか？」

「罪人を使う」

死刑が確定している罪人に毒の被験者になるなら、罪を軽くしてやると言えば飛びついてくるだろう。俺は実験ができるし、罪人は死刑を免《まぬか》れることができるのだからお互いにウィンウィンの関係だ。

「なるほど……」

「陛下に罪人での実験許可を申請する」

俺は親王《しんのう》なので、俺が捕まえた罪人に関しては俺に裁く権限がある。親王府の権限として、捕縛権と裁判権を持っているのだ。

しかし、今現在、俺が抱《かか》えている罪人はいない。この屋敷が帝城《ていじょう》の一角にあるから罪人を捕まえる機会がないのだ。刺客《しかく》でも襲いに来てくれたら捕縛したのだが、幸か不幸か三年以上刺客は現れていない。だから、皇帝に罪人を融通《ゆうずう》してほしいと頼むのだ。

数日後、罪人を実験に使うための引き渡し許可が下りた。その罪人を引き取るために、俺は帝城の外へ出ることにした。

当然、この行動は法務大臣にも伝わっている。法務省は罪人の管理をしているのだから、罪人の引き渡しについて知らないわけがないのだ。

北門を出て、帝城の堀沿いに進んで西へ向かった。罪人を収監している監獄は郊外にあって、帝都を出る必要がある。

皆は俺が直接行く必要はないと言うが、これは法務大臣のミスを誘う作戦でもあるので、俺自身を餌《えさ》にする必要がある。

少なくとも、法務大臣は俺に刺客を一回は送っているので、俺はこのままにしておくつもりはない。それに、いくら屋敷内が安全でもいつ刺客が送られてくるか分からないのは、精神衛生上よくないからな。

サーリアンの美しい町並みを抜けてしばらく進むと、帝城の周りを囲んでいる城壁並みの防壁が見えてくる。

帝都の防壁は外敵を防ぐものだが、監獄の防壁は収監されている罪人の逃走を防ぐものだ。

門番に命令書を見せて中に入る。監獄だけあって重苦しい空気が漂っているな。

「殿下、何があるか分かりませんので、馬車から降りないでください」

「サキノ、それでは餌にならないだろ。餌をちらつかせなければ、魚は釣れぬぞ」

「しかし……」

「心配するな、サキノも知っているように、余は大丈夫だ」

「分かりました」

看守長が出てきて、ハンカチで額《ひたい》の汗を拭《ふ》きながら俺にペコペコする。

「楽にしろ。罪人を引き渡してもらうだけだ」

「ははー！　すでに一〇人の罪人を用意しております。こちらへお越しくださいませ」

緊張するなというのは無理かもしれないが、米つきバッタのようにペコペコする看守長には引く。

しかし、この調子だと看守長は法務大臣から何も指示を受けていないように見える。さて、法務大臣は仕かけてくるだろうか？

看守長について奥へ向かうと、鎖で繋がれた一〇人の罪人が看守たちに囲まれて控えさせられていた。

「あの者たちでございます」

「うむ、世話をかけたな」

「はひぃ、滅相《めっそう》もございません！」

俺は騎士たちに罪人を連れていくように指示して、汗だくの看守長が差し出してきた書類にサインをした。このまま何ごともないのかなと思っていたが、周囲が騒がしくなった。よっしやーっ！

「ど、どうしたのだ⁉」

「ぼ、暴動です！　罪人どもが暴動を起こしました！」

「なんだとぉぉぉーーー……」

看守長は叫ぶようにしてその場に倒れてしまった。卒倒《そっとう》してしまったようだ。

どうやら法務大臣は罪人たちを使って俺を始末しようと考えたようだな。まあ、妥当《だとう》な線だろう。

「おい、看守長の次に権限を持つ者はいるか」

俺は看守たちに聞いた。

「わ、私です。副看守長をしています」

細身の男性が出てきた。

「非常事態ゆえ、余が指揮を執《と》る。異論はあるか？」

「い、いいえ！　異論なんてありません！」

「皆、聞いたな！　今から余が指揮を執る！」

「「はい！」」

看守たちが背筋を伸ばして返事をした。

「おい、出入り口は一カ所だけか？」

副看守長に聞いた。

「はい、あの門だけです」

なら、簡単だ。

「今すぐ全ての看守たちを門の前に集めろ」

「「はい！」」

看守たちが俺の指示で走り出した。

さて、問題は罪人を扇動《せんどう》した存在だ。おそらく看守の中にその人物がいると思うのだが、確定ではない。

「サキノ、受け取った罪人たちを馬車に入れておけ」

「は！」

俺の指示を聞いたサキノが騎士たちに命じて、罪人を檻《おり》のついた馬車に詰め込んでいく。せっかく受け取った罪人なので、無駄に失うのは避けたい。それに、もしかしたら受け取った罪人の中に本命がいるのかもしれない。


しばらく待つと、看守たちが続々と集まってきた。

一〇〇人くらいはいるな。その後ろから暴徒と化した罪人たちが、俺たちに迫ってきている。

「全員ではありませんが、粗方《あらかた》は集まりました」

「そうか。なら、お前たちは下がっていろ」

「な、何をされるのですか？」

「この施設全体を麻痺《まひ》の魔法で覆《おお》う」

「へ？」

副看守長は呆けた。常人ならそんなことはできないが、俺にはそれができる。

「清浄なる水の大神よ、漆黒《しっこく》なる闇の大神よ、我は魔を追い求める者なり、我は水と闇を求める者なり、我は水と闇を操る者なり、我は水と闇を内に秘めし者なり、我が魔を捧《ささ》げ奉《たてまつ》る。我が求めるは全てを押さえつける力なり。我に力を与えたまえ。エクステシヴパラライズ」

これは水属性の帝級魔法と闇属性の王級魔法を合体させた複合魔法になる。

単属性の帝級魔法ならそれほど難しくはないが、複合魔法ともなるとその難易度は跳ね上がって伝説級にも匹敵する。

幸いなことにこの複合級魔法を重要書エリアで発見し、敵を無傷で無力化できる魔法として有用だと思い、毎日練習した甲斐があった。

ただし、本来の効果範囲を拡張して行使するのは、余計に制御が難しくなるので精神集中が半端《はんぱ》なく必要になる。

「こ、これは……」

看守たちが呆然としている。

今、俺が行使した魔法は広範囲の麻痺魔法（水属性と闇属性）だ。この魔法は広範囲に影響を及ぼすことができるが、その中から特定の者だけを除外することはできないので、看守を集めてもらう必要があったのだ。

「お前たち、施設内の罪人は麻痺している。念のため五人一組になって麻痺している罪人を牢の中に放り込んでいけ」

「は、はい！　おい、五人一組になるんだ！」

副看守長が看守たちに指示を出していく。なかなか優秀な人物のようだ。

「殿下、ありがとうございます。ここには三〇〇〇人以上の罪人が収監されていますので、暴動が本格化してしまいましたら手に負えないところでした」

「うむ。今回のこと、作為的なものを感じる。なにせ、余はこれまでに四度暗殺されそうになっているのでな」

「そ、それは……」

副看守長が青ざめた。もし俺の暗殺を目論《もくろ》んだ人物がいて、看守の中に暴動を扇動した人物がいたのなら責任問題になるから当然だろう。

「お前に責任をとれとは言わぬ、もちろん、そこで寝ている看守長にもな」

「あ、ありがとうございます」

副看守長が俺の前で平伏した。

「副看守長、名を聞いていなかったな？」

「は、はい。私はホルンと申します」

「ホルン、お前さえその気なら余のところに来るがいい」

「えっ!?」

「ホルン、お前は優秀だ。余は優秀な人物を必要としている」

「ありがたきお言葉にございます！」

そうこうしていると、看守たちが戻ってくるのが見えた。

「罪人たちを牢に繋ぎ終わりました！」

看守の中の一人が報告してきた。

「皆、ご苦労だった」

俺は懐《ふところ》から手の平に載《の》るくらいの革袋を取り出した。

「ホルン、看守たちに均等に分けてやってくれ」

「え？　し、しかし……」

「これは余の気持ちだ。受け取れ」

革袋の中身は一〇枚の大金貨だ。

帝国の通貨はフォルケが使われていて大金貨一〇枚は五〇万フォルケになる。

通貨の価値としては、次の通りだ。

一フォルケ　＝　銅貨
五〇フォルケ　＝　大銅貨
一〇〇フォルケ　＝　青銅貨
五〇〇フォルケ　＝　大青銅貨
一〇〇〇フォルケ　＝　銀貨

五〇〇〇フォルケ　＝　大銀貨
一万フォルケ　＝　金貨
五万フォルケ　＝　大金貨

一般的な四人家族が一カ月過ごすのに、帝都では六〇〇フォルケあれば十分に暮らせると聞いたことがある。

だから、五〇万フォルケは大金だ。看守たちの頭数で割っても、かなりの臨時収入になるだろう。

俺がここを訪れたことによって、危険な目に遭《あ》わせたのだからこれくらいの迷惑料は必要経費だ。

「こ、こんなに!?」

革袋の中身を確認したホルンが目を剝《む》いた。それを見ていた看守たちも驚いている。

「み、皆、ゼノキア殿下より褒美《ほうび》をいただいたぞ！」

「「「おおおぉぉぉぉっ！」」」

看守たちから歓声があがった。

「皆、ゼノキア殿下に感謝申し上げるように！」

「「「ゼノキア殿下、ありがとうございます！」」」

看守たちが平伏してお礼を言ってくる。褒美がもらえたので看守たちの俺を見る目が変わったように思うのは、気のせいかな？

だが、この程度のことで看守たちの忠誠が買えるのなら安いものだ。忠誠が買えなくても、俺の不利益にさえならなければいいのだ。

しかし、ここで看守の誰かが俺を殺すための行動に出ると思っていたのだが、俺の予測は外れたようだ。そもそも罪人に暴動を起こさせるためには、檻から出さなければならない。つまり、看守が敵側にいなければ、タイミングよく暴動を起こすのは難しいのだ。


監獄を出たら帝都に戻って、帝城からやや離れた場所にある屋敷に入った。この屋敷は俺が親王府として使っている屋敷で、帝城の外にある。

帝城内に罪人を連れ込むわけにはいかないので、この親王府の牢に一〇人の罪人を収監することにしている。

罪人たちが馬車から降ろされていくのを見守る。彼らの耳には鎖の音がむなしく響いているのだろうか？

そんな時だった。俺の目の前を通っていた罪人を繋いでいた鎖が、地面に落ちたのだ。そして、罪人全員が隠し持っていた小さな刃物を持って俺に襲いかかってきた。

「殿下!?」

サキノが一瞬で三人を切り伏せたが、残りの七人が俺に殺到した。もうダメだと思われた瞬間、俺は魔力を放出して罪人たちを吹き飛ばした。

魔力を体に纏《まと》わせることで、金属鎧《よろい》よりも強固な魔力の鎧にすることができるので、罪人たちが俺に傷を負わすことはできないのだが、俺はこの魔力放出を練習して、自分の意思で自由に使えるようになっている。

これには詠唱の必要がなく、瞬時に敵を吹き飛ばしてダメージを与えることができるから重宝《ちょうほう》する。長年の訓練の賜物《たまもの》ってやつだ。

「ぐっ、くそっ……」

俺に吹き飛ばされた罪人の一人が立ち上がろうとしていた。

「ふむ、威力を抑えたとはいえ、気絶しなかったか。お前、名はなんというのだ？」

がくがくと震える足で立ち上がろうとしているその罪人は、俺を親の仇《かたき》のような目で睨《にら》んできた。

「なんだ、名はないのか？　まぁいい、調べる手立てはいくらでもあるからな。連れていけ」

これからお前たちは死ぬよりも辛《つら》い目にあうだろう。お前たちがそれを望んだからだ。

運よく生き残れば罪を減じてやるから、がんばることだ。生き残られればな。

薬草というのは面白いもので、同じ薬草なのに育った環境によって、まったく違う効果が現れる時がある。

そのような理由から、俺は環境を管理できる屋敷の庭で薬草を栽培することにした。

「パッシオ、薬草の生育は順調か？」

このパッシオは奴隷商店で売られていた元農夫だ。妻と三人の子供も一緒に売られていたのを購入したもので、家族五人が俺の奴隷になっている。

元農夫の家族なので、俺は彼らに薬草園の管理を任せることにした。

「へい、いい感じに育っています」

「そうか。収穫できるものはあるか？」

「へい、こちらの一角が収穫できます」

帝城の中にある屋敷としては狭いが、一般的な基準で考えれば俺の屋敷の敷地は広大だ。その庭にある薬草園もかなり広い。広大な薬草園の一角で収穫できる薬草はそれなりに多い。

「クコの実が熟していますし、カミツレも収穫できます」

「うむ、収穫してくれ」

クコの実は薬草ではなく樹木の実だが、薬草園の一角に移植して育てている。もちろん、実は薬になる。

俺の屋敷はメイゾンの管理下にあるが、屋敷だけではなく敷地の全域がメイゾンの力の及ぶ領域になっている。つまり、この薬草園もメイゾンの魔力の影響を受けているのだ。

薬草は魔力を吸収することで通常の薬効以外の薬効が現れることがある。そういった効果の確認をすることも、この薬草園の目的の一つだ。

パッシオに薬草園を案内してもらい、生育状況を確認する。広大な薬草園なので一度に全部を見て回ると時間がかかるので、採取可能な薬草を重点的に見て回っている。

屋敷の一角に俺の研究室がある。ここで俺は薬と毒の研究をしている。特に毒に関しては厳重に管理しなければいけないので、地下室を研究室にしている。

地下室への出入り口は一カ所で、その一カ所には衛兵を置いている。

この屋敷自体がメイゾンの管理下にあるから、俺の許可なく誰も地下室には近づけないが念のためだ。

「テソ、お湯を沸かしてくれ」

「かしこまりました」

俺の小姓《こしょう》であるテソは今年で一三歳になる。テソは魔法の才能があって、闇属性と地属性、そして水属性の三属性の適性が確認できた。

特に闇属性の素質は帝級くらいはあると思われるので、将来有望な魔法士の卵だ。

剣の素質は残念ながらなく、サキノのような文武両道は期待できないが、帝級の魔法士なんて滅多《めった》にいないのでしっかり育ってほしい。

「セルはその薬草を粉にしてくれ」

「はい」

セルというのは、今年で一〇歳になるセルミナスのことだ。名前が少し長いのでセルと呼ぶことにした。

このセルは三人の中では一番器用で、薬の知識もどんどん吸収している。そのうちに俺なんて足元にも及ばない薬剤師になるんじゃないかな？　それに、魔法にも才能があるようで、セルから感じる魔力は三人の小姓の中で一番多い。確認したら、今現在で火属性、風属性、光属性の三属性が特級まで扱える。

　俺が見るところ、セルは光属性の才能が一番高いはずだ。将来は帝級、もしかしたら伝説級にも届くのではないかと俺は考えている。

　才能の面で言えば、俺に仕《つか》えている三人の小姓の中で最も期待ができると思っている。器用貧乏にならないように育てていきたいところだ。

　俺の小姓は三人いるが、今年一二歳になるカジャラーグ（愛称はラグ）は薬の研究では役に立たない。ラグは細かい仕事には向かないので、俺が研究をしている間はサキノやソーサーたちに剣の稽古《けいこ》をつけてもらっている。

　幸いなことにラグの剣の才能はサキノも舌を巻くほどだと聞いているので、俺の研究の役には立たないが剣の腕は将来有望だ。

　さて、薬草を煎《せん》じて飲む。この薬はこれまでにも何度も飲んでいて、疲れを癒《いや》してくれるものだ。香りも味もあまりいいとは思わないが、疲労回復効果は高い。

「殿下。これでよろしいでしょうか？」

　セルが薬草の粉を見せてくる。

「いい感じだ。一〇〇グムのお湯に、それを五〇ミグム入れて混ぜてくれ」

「承知しました」

セルが俺の指示通りに動いている間に、乾燥したボルゲンの毒袋をテソに処理してもらう。

このボルゲンの毒袋は、とても強力な毒だから作業は細心の注意を払わなければいけない。

「いいか、慎重に毒袋を開いてくれ」

「はい」

テソが両手にピンセットを持ち、ゆっくりと毒袋を開いていく。その中にある黒い球状の毒の粒を取り出すのだが、この球状の粒が潰《つぶ》れたら毒が飛散して、非常に危険なので心を落ち着かせて慎重に取り出す。

毒を取り出したら計量して、セルが作っている薬湯《やくとう》に入れる。毒と薬湯が混じり合うところで、魔力を込める。この時に込める魔力は光属性だ。光属性には聖の属性もあり、澱《よど》んだ力を浄化する効果があるのだ。

薬湯に混ぜるだけでは毒が勝って役に立たないこの薬に光属性の魔力を込めると、毒が浄化されていく。

「ふ────。終わった」

「成功でしょうか？」

テソが聞いてきたので、俺は頷《うなず》いて答えた。

「これが万能解毒《げどく》薬ですか？」

万能解毒薬とテソは言うが、これはそんな高尚なものではない。いくつかの毒に効果があるだけの解毒薬だ。それでも持ってないよりはいいと思って作った。

これも、薬草園でメイゾンの魔力を吸った薬草を栽培できたから作れたものだ。

ある日、皇帝からの呼び出しがあり、執務室へ赴《おもむ》くことになった。この前は婚約者の話と重要書の閲覧《えつらん》許可だったが、今回はなんだろうか？　迷宮《ラビリンス》に入って調査してこいとかなら、嬉しいんだけどな。

皇帝の執務室に入り、礼を尽くして挨拶《あいさつ》をする。

「よく来た。楽にするがよい」

立ち上がって楽な姿勢をとる。今日は左右の各丞相《じょうしょう》がいない。今回はそれほど重要な話ではないのかな？

「キース。あれを持て」

「はい」

宦官長《かんがん》のキースが豪華な漆塗《うるし》りのトレーに入れて持ってきたものは、またもや羊皮紙《ようひし》だった。

何かが書いてあるので、手に取って読んでみると……。

「これは……」

「エッガーシェルトは知っているか？」

「エッガーシェルト……？　たしか、財務省の官房長でしたか？」

官房長というのは、大臣、政務官に次ぐ役職だ。

「そうだ、そのエッガーシェルトの娘が病《やまい》にかかった。重いらしく、医師も匙《さじ》を投げたと聞いておる」

　羊皮紙には名前はないが、病の症状が書き連ねてある。

「そこでゼノキアが薬の研究をしていると聞いたエッガーシェルトが、朕《ちん》に泣きついてきたのだ」

「薬の研究はしていますが、まだ始めたばかりでエッガーシェルトの娘の治療ができるとは到底思えませんが……」

「朕もそう言ったのだが、このままでは娘が死ぬのを待つしかない。それなら一縷《いちる》の望みにかけてみたいと言うのだ」

　親心としては分からないでもないが、それでも俺を頼るのはかなり無謀ではないか？

　とはいえ、ここまで言われたら無下《むげ》にはできないし、皇帝もエッガーシェルトを高く評価しているようだから、皇帝の顔を立てるためにも引き受けなければならないだろう。

「どれだけのことができるか分かりませんが、陛下がそう仰《おつしや》るのであれば、引き受けましょう」

「そうか。うむ、頼んだぞ」

　皇帝からの要請で、俺はエッガーシェルトの屋敷に向かうことにした。

「陛下も無茶を仰いますな」

「陛下の頼みを断るわけにもいかぬだろう。余がその娘の容態《ようだい》を診《み》て、何もできなくても文句は言わぬというのだ、診るだけ診るさ」

俺は皇帝からもらった羊皮紙に書き連ねてあった病状を見て、予想される病に対する薬をいくつか持ってきた。しかし、実際に診てみないと病名は分からない。

「到着しました」

屋敷の前で馬車を降りたが、この屋敷はなんというか……空気が重い。

「ようこそおいでくださいました。私が当家の主、フェーマス・エッガーシェルトでございます。殿下」

出迎えてくれた紳士がエッガーシェルト官房長だというが、随分《ずいぶん》とやつれている。たしか、今年で三五歳のはずだが、そのやつれ具合のせいか五〇歳くらいに見えてしまう。

「うむ、ゼノキアである」

「殿下をお呼びだてしてしまい、心苦しく思っております」

「その話はいい。娘のところに案内《あない》いたせ」

「はい、こちらでございます」

エッガーシェルト官房長のあとについていくと、三階にある部屋に案内された。うーん、これは……。扉から漏《も》れ出てくる嫌な感じが俺の肌を刺す。

「こちらの部屋になります」

エッガーシェルト官房長が扉をノックして、入っていった。

「エリーナ。ゼノキア殿下がおいでくださったぞ」

天蓋《てんがい》つきの立派なベッドに、エリーナと呼ばれた少女が寝ている。事前に聞いていた年齢は一七歳の少女だが、その肌は浅黒く、まるで老婆のようにまったく瑞々《みずみず》しさを感じさせない。

「エッダ、ロザリー、アルテミス以外は部屋の外に出ろ」

エッダは俺の侍女《じじょ》、ロザリーは魔法士、アルテミスは後宮近衛《こうきゅうこのえ》騎士団から移籍してきた女性騎士だ。

ベッドに寝かされているのは少女だから、俺が連れてきた女性以外は全員外に出す。

「し、しかし……」

エッガーシェルト官房長が部屋に残りたそうにしているが、父親でもダメだ。

「エッガーシェルト、診察するだけだ。外で待っていろ」

「……分かりました」

「あ、あの……」

この屋敷の侍女が声をかけてきた。

「なんだ？」

「私はお嬢様つきの侍女でございます。どうか、ここにいさせていただけないでしょうか」

「……いいだろう」

「ありがとうございます」

「ほら、男どもは全員外に出ろ」

俺は男性全員を追い出した。

「そのほう、名はなんというのだ？」

「あ、アイリスでございます」

「そうか。では、アイリス。その娘の手を握っていてやれ。少しは安心するだろう」

「は、はい！」

肌が浅黒いのは肝臓の障害かと思ったが、どうも違う気がする。手首に指を当てて脈を診た。見た目からでも分かるくらいに弱っているので当然だが、脈はかなり弱い。口を開け喉《のど》や舌の状態を診たが、口の中まで浅黒く変色している。手をとって爪を診たが、爪まで変色している。足の爪も同様だ。

「これは……」

嫌な考えが頭をよぎった。

「エッダ、カバンの中から黒い小瓶と小皿を取ってくれ」

「承知しました」

小瓶をエッダから受け取ると、俺はその蓋《ふた》を開けた。中には茶色い粉末が入っていて、それをひと摘《つま》みして小皿に載《の》せる。この粉末は俺が作った特殊な触媒《しょくばい》だ。

俺はこの部屋の空気といい、屋敷の雰囲気といい、これは呪いではないかという考えに至っていた。だから、今から呪いかを確認するための魔法を行使しようと思う。

「これより、詠唱に入る。邪魔をするなよ」

「「「はい」」」

俺は呪いを確認する魔法の詠唱を始めた。小皿の上にある粉末状の触媒が光りだし、発火すると一瞬で燃え尽きて煙が上がった。

複数属性の魔法は王級魔法でも魔力の制御が難しいが、なんとかコントロールする。煙がエリーナの体の上で渦を巻いていく。さらにその煙が文字を形成していく。

「石化の呪い……か」

「「「………」」」

石化の呪いは実際に石化するわけではないが、石化したように見えるものだ。この呪いが進行すると、心臓まで石のようにカチコチに固まってしまい動かなくなって止まってしまう。

「エッガーシェルトを呼んでくれ」

確認が終わったので、エッガーシェルト官房長を呼ぶ。

「はい」

エッダが部屋の扉を開くと、すぐにエッガーシェルト官房長が入ってきた。

「殿下、エリーナは、エリーナはどうなのでしょうか!?」

「よくないな」

「ど、どんな病気か分かったのでしょうか!?」

「エッガーシェルト、これは病ではない」

「え？」

間抜けな顔をするな。

「これは石化の呪いだ」

「っ⁉」

エッガーシェルト官房長が目を剝いた。

間抜けな面《つら》をしているエッガーシェルト官房長を現実に引き戻して、俺は石化の呪いについて語った。

「石化の呪いに限らず呪いは失敗すると、術者と依頼者に跳ね返ってくる危険な魔法だ。それを行使したとなると、それなりの恨みを買っていると思うが、心当たりはあるのか？」

エッガーシェルト官房長が思考を巡らす。おそらく色々と思い当たる節《ふし》があるのだろう。貴族っていうものは、人の恨みや妬《ねた》みの上に立っている人種なのだから当然だ。

「……殿下、貴族の世界は足の引っ張り合いでございます。恨みを買うことが多々あるのは否定いたしません」

「何もエッガーシェルトへの恨みとは限らぬぞ。エリーナ嬢を恨んでいる人物はいないか？」

「まさか⁉　エリーナは親の私が言うのもなんですが、それは心根の優しい娘です。恨みなど！」

「本人が知らぬところで恨みを買うのが貴族の世界だ。余もこの年で五度も命を狙われているからな」

「それは……。っ⁉」

エッガーシェルト官房長が言いよどんだところで、何かを思い出したようだ。

「何かあるのか？」

「はい……実を言いますと、エリーナは後宮へ上がる話が決まっていたのです」

後宮に上がるというのは、皇帝の妃《きさき》になるということだ。

皇帝の側室ともいうべき妃は、最初庶妃《しょひ》として後宮に上がって子供を生むと正式に側妃《そくひ》になる。そして、子供が親王になると正妃になって、皇太子になると皇后になるのだ。

これが後宮に行儀見習いに上がるのであれば、侍女になるということなので後宮に上がるという表現はしない。

「……その時に他にも後宮へ上がる候補がいたのではないか？」

「はい……当家の他に三家あったと聞いております」

その三家が怪《あや》しいな。娘が後宮へ上がって皇子《おうじ》を生めば、もしかしたら親王、場合によっては皇帝になるかもしれない。そうなれば、その家は栄耀栄華《えいようえいが》を極めることができるのだ、必死になるってものだ。

それに、その家の当主は引き下がっても、リストに上がった娘はどう思うか？　貴族の娘なので蝶よ花よと育てられてきた自分が、他の誰かよりも劣っているという評価をされて、大人しく引き下がるだろうか？　もしかしたら、当主よりも強い憎悪や嫉妬の感情が芽生えてもおかしくはないはずだ。

「で、殿下……呪いを解呪できますでしょうか？」

「……できる可能性はある」

解呪の可能性はある。すでに石化の呪いと分かっているのだから、それに対応した解呪を行えばいいのだ。ただし……。

「では！」

「だが、失敗すれば、エリーナ嬢は確実に死ぬぞ」

「……このまま手をこまねいていても、エリーナには死しかありません。それなら、解呪を試みてダメだったほうがよほど諦《あきら》めがつきます！」

エッガーシェルト官房長はそれでいいかもしれないが、解呪を失敗すれば術者も呪われてしまうので、単純な話ではない。

つまり、俺が解呪をするとなれば、今日初めて会ったこの少女のために命を懸《か》けることになるわけだ。

「エッガーシェルト殿、ご貴殿は呪いの恐ろしさを知らぬようですね」

「ロザリー魔法士だったか？　何が言いたいのだ？」

「もし解呪に失敗すれば、エリーナ嬢だけではなく、術者も呪われるということです」

「………」

「それでも殿下に解呪をと言われますか？」

「っ!?」

エッガーシェルト官房長の目が泳いでいる。もし、俺に依頼をして試みた解呪が失敗すれば、エッガーシェルト家はただでは済まないだろう。

エリーナの命は助けたいが、失敗すれば家が潰《つぶ》れる。エッガーシェルト官房長の天秤《てんびん》はどちらに振れるかな？

「で、殿下……。解呪できる魔法士を紹介いただけないでしょうか？」

正しい判断だ。俺以外に解呪を頼めば、もしものことがあってもエッガーシェルト家は無事で済むからな。

解呪には闇属性の適性が必要だ。呪いをかけた魔法士の闇属性の適性よりも、解呪する魔法士の闇属性の適性のほうが高く、魔力が多くないと呪いは解呪できない。

俺が知っている人物で、闇属性の適性が最も高いのはテソで、テソは闇属性の才能が帝級はあるだろう。しかし、今のテソはせいぜい上級魔法が行使できる程度で、どう考えても解呪はできない。

「闇属性の適性を持つ者は少ない」

「では……」

エッガーシェルト官房長が目を閉じ、天を仰ぐ。

石化の呪いに限らず呪いの解呪は、かけた術者よりも高い闇属性の適性が必要になる。術者が特級の呪いを行使したとなれば、解呪には王級の適性が必要になるのだ。

闇魔法で王級の適性を持っている人物は、広大な領土を持つフォンケルメ帝国でも数えるほどしかいないだろう。

「余が解呪しよう」

「よ、よろしいのですか!?」

「殿下、それは……」

ロザリーが止めに入ってくるが、それを手で制した。

「ただし、解呪には触媒が必要だ。それをすぐに集められるか?」

「なんでも仰《おつしや》ってください！」

俺はエッガーシェルトに三つのものを用意するように指示した。

「ロザリー。アザルを呼び、エリーナに回復魔法を行使させよ」

「承知しました」

触媒が集まるまでは水魔法士によって、回復魔法を行使し続けるように手配する。

幸いなことに俺の家には水属性の適性が王級のアザルがいるので、回復魔法には困らない。

ただ、アザル一人では厳しいので、他に数人をエッガーシェルト家で手配させることにした。

「余は屋敷に戻って準備をしてくる。三つの触媒が揃《そろ》ったらすぐに知らせをよこせ」

「あ、ありがとうございます！」


帝城の屋敷に戻ったらすぐに皇帝に呼ばれた。

「エッガーシェルトの娘は呪いだったようだな」

屋敷に戻ってすぐに呼び出されたので皇帝の執務室に向かったが、まさか皇帝がこの情報をすでに得ているとは思わなかったので驚いた。俺の行動が筒抜けのような気がする。疑いすぎか？

「はい、石化の呪いでございます」

「ゼノキアが解呪すると聞いたが？」

「その予定でございます」

「……できるか？」

皇帝が厳しい目で見てくる。

「解呪は初めてですから、確実に成功すると断言はできません」

「……他の者が解呪できぬのか？」

「闇属性の適性が必要になりますので、すぐに見つけるのは難しいでしょう」

これは俺を心配して言ってくれているのだろうか？　最近は会う機会も多くなったが、俺が親王になると決まる前はほとんど顔を会わさなかったのに？

……あぁ、これは帝国のことを心配しているのか。俺が順調に成長すれば、帝国にとって大きな戦力になる。その戦力を幼いうちに潰すのをためらっているのだろう。

皇帝が伯爵家の娘の生き死にを気にかける必要はない。皇帝にとっては数多くある諸侯の中の一つなのだから。しかし、ここでエリーナ嬢の後宮入りの話が鍵になる。エリーナ嬢を選んだのは皇帝であり、皇帝はエリーナ嬢に執着したのではないだろうか？　だから、わざわざ俺にエリーナ嬢の治療を命じてきた。こう思えば、全てが納得できる。だが、俺の命と引き換えにしていいものかと考えたのではないだろうか。

「宮廷魔導士長が闇属性に長《た》けていたはずだ」

そういえば宮廷魔導士長は闇属性が帝級だと聞いたことがある。ただ、宮廷魔導士長にもしものことがあった場合、問題が発生する。

「陛下、宮廷魔導士長は……」

「む、そうか……あれがあったのだな……」

あれというのは、この帝城を覆《おお》う結界のことだ。帝城には呪いを防ぐ結界が張られているが、その結界を維持するために宮廷魔導士長のような優秀な魔法士が必要なのだ。

その宮廷魔導士長にもしものことがあったら、結界の維持に支障を来《きた》す。まったく機能しなくなるわけではないが、宮廷魔導士長に依存するところは大きいと聞く。

宮廷魔導士長はそこそこ高齢なので後継者を育てているはずだが、思ったような人材は今のところ現れていないようだ。もしかして、俺を宮廷魔導士長の後釜《あとがま》に据えようなんて思っていないよな？

結局、俺が解呪するのは皇帝も渋々承知した。

そもそも、この話は皇帝から来たのだから、無理やり止めさせるわけにもいかないのだろう。

触媒が揃ったと連絡があったので、エッガーシェルト官房長の屋敷に再び赴《おもむ》いた。エリーナが亡くなる前に触媒が揃ってよかった。

「殿下、なにとぞ……」

エッガーシェルト官房長が玄関まで出迎えに現れた。

「分かっている」

失敗は俺も呪われることを意味するから、盤石《ばんじゃく》の態勢で臨《のぞ》むつもりだ。

「ロザリー、祭壇の設置は？」

「完了しています」

状況の確認をしながらエリーナの部屋に向かう。

エリーナの部屋はお香の煙で満たされていた。このお香は俺が作ったもので、気分をリラックスさせる効果があるものだ。これから失敗できない解呪を行うので、緊張しないようにロザリーに予《あらかじ》め香を焚《た》くように命じておいたのだ。

エリーナのベッドの前には、俺が指示しておいた祭壇ができていた。その祭壇にエッガーシェルト官房長に集めるように指示した触媒が置かれている。

それらの触媒を確認する前にエリーナの容態を診よう。呼吸が浅く脈も弱いが、悪化はしていない。アザルたちが昼夜関係なく定期的に回復魔法を行使していたのが功を奏したようで、悪化は防げたようだ。

「アザル、ご苦労だった」

「いえ……。殿下、本当に解呪を行うのですか？」

「余以外に解呪を行える者がいないのだ。であるなら余がするしかあるまい」

「……無事、成功するよう祈っております」

「うむ」

次は祭壇の上に置かれている触媒を確認する。カースモンキーの頭蓋骨、銀の延べ棒五本、大回顧鳥《おおかいこちょう》の心臓。

カースモンキーの頭蓋骨は呪いの効果を上昇させる効果があるアイテムだが、これは解呪でも同じように効果を上げてくれるものだ。

銀の延べ棒は魔力との親和性がよく魔力を増幅してくれるアイテムとして有名で、これは貴族であれば持っていても不思議ではないので、入手するのに時間はかかっていないだろう。

この中では大回顧鳥の心臓を入手するのが最も難しかったはずだ。回顧鳥は真っ黒な体をした比較的大きめの鳥だが、その回顧鳥の中に極稀《ごくまれ》に倍くらいの大きさの回顧鳥がいる。それが大回顧鳥である。

回顧鳥は魂を食べる鳥だと言われていて、死者が出た家の屋根に必ずいると言われている。その回顧鳥の中でもひと際《きわ》大きな体の大回顧鳥の心臓は魂を定着させる効果があるアイテムなのだ。

今回の場合、解呪が成功してもあれだけ石化が進行していると、魂が酷《ひど》く傷ついていると思われるのでこの大回顧鳥の心臓によって魂の修復を促《うなが》そうと思っている。

他に、俺が持ってきた薬もあるが、これは解呪が成功してからの話になる。

「さて、これから解呪を行うが、エッガーシェルト卿《きょう》はどうする？　ここで見ているか？」

「よ、よろしいのですか？」

「術の妨《さまた》げにならなければ構わん」

「では、是非！」

「サキノ、ロザリー、邪魔が入らぬように見張っていてくれ」

「承知しました」

二人に部屋の内外の警戒をしてもらう。解呪中に刺客に襲われでもして解呪が失敗したら、俺は呪いを受けてしまうことになるため、俺の命を狙っている奴にとっては絶好の機会なのだ。

祭壇の前に設置してある椅子に座った。これから行う解呪には、別に祭壇が必要というわけではない。精神を集中させるのに厳《おごそ》かな感じが丁度いいので、そういうシチュエーションにしてみた。

「そこの侍女、アイリスといったか？」

「はい、アイリスでございます、殿下」

「そこのハサミでエリーナの髪を三本切ってその祭壇の上に置け」

「は、はい！」

アイリスはエリーナの髪の毛を切ってきて、祭壇の上に置いた。

「始めるぞ」

皆の顔を見渡してから、俺はエリーナに目を向けた。ベッドの上に力なく横たわっている少女の姿は、痛々しいを通り越して今にも息が止まりそうだ。

意識を集中して詠唱を始めた。呪いは魔法士が魔法を行使するだけでは成立しない。エリーナを呪いたいと思っている人物の恨みや妬《ねた》みの力も必要になる。

逆に解呪する側は、解呪を行う俺の魔法だけでそれらに対抗しなければならない。呪いだと早期に分かっていたのであれば、エリーナの意識もまだあってエリーナ自身の生きたいと思う力をプラスできたが、今のエリーナではそうもいかないのだ。

俺の詠唱が進むと、カースモンキーの頭蓋骨が発光しだす。それとほぼ同時に銀の延べ棒も発光を始める。これで呪いへの対抗と魔力のブーストが始まったことになる。

さらに詠唱を繰り返して呪いの術者と依頼者の負の感情を浄化するように魔力を注ぎ込んでいく。暴れる呪いを時には宥《なだ》めすかし、時には恫喝《どうかつ》するように魔力を注ぐ。すると、術者の魔力の底に何かある気がした。それが何なのか、探るように魔力を伸ばした。

術者の魔力が抵抗してくるのをかき分けて魔力を伸ばすと、そこには禍々《まがまが》しい負の感情の渦があった。これが依頼者のものだとすぐに分かった。

この呪いの依頼者はそこまでエリーナが憎いのだろうか？　なぜここまで禍々しい憎悪を募《つの》らせたのか？　エリーナが何をしたのか少しだけ気になるが、そういったことに首を突っ込むのは避けたいとも思う。女の争いには関わらないのが一番だ。それは、今も昔も変わらないはずだ。

呪いの依頼者の負の感情を、少しずつほぐしていく。この感情をそのままにしておいては解呪は成功しない。花の蕾《つぼみ》のようにいく層にも重なり合った負の感情を、ゆっくりと一枚一枚破

けないように開けていくような感じで解呪を進めた。

魔力の制御もしながら丁寧《ていねい》な解呪を心がけているので、まったく気が抜けない。

俺の額に大粒の汗が浮かぶ。それをエッダがそっと拭《ふ》いてくれた。

解呪も大詰めになり、ここで一気に俺の魔力で呪いを浄化する。

よし、術者の魔力を屈伏させた。残りは依頼者の負の感情だけだ。

『なによ、あの女は⁉　私のほうが美しいのに、なんであんな平凡な女が妃になるのよ！』

呪いの依頼者の負の感情をほぐしていくと、依頼者のものと思える声が聞こえてきた。

『あんな女、死んでしまえばいいのよ！』

醜《みにく》い感情だけあって、その声もとても女性のものとは思えないほど耳障《みみざわ》りなものだ。この声に耳を傾けてはいけないと直感した。

『私のほうが妃に相応《ふさわ》しいのよ。そうよ、あんな女は殺してしまえばいいのよ！』

なかなか強力な憎悪の感情だ。俺の精神を侵食しようと憎悪が襲いかかってくるのを耐え、平静を保ちつつ少しずつ呪いをほぐしていく。

『死んじゃえ！　死んじゃえ！　死んじゃえ！　死んじゃえ！　死んじゃえ！　あぁぁぁっははは！』

くっ、強力な憎悪の感情に俺の精神が汚染されそうになる。だが、ここで負けるわけにはいかないのだ！　俺は魔力を制御しながら精神を集中させて負の感情の汚染を防ぎ、さらに魔力を注ぎ込んだ。

憎悪の感情を浄化し、感情の起伏《きふく》を平坦に、そして憎悪ではなく無の感情に上書きしていく。かなりきついが、ここで魔力と気を緩《ゆる》めたら一気に押し返されてしまいそうだ。もう少し！もっと魔力を、もっと強力な魔力を、俺の奥底にある魔力を注ぎ込め！

「…………」

やっと憎悪の感情をねじ伏せることができた。とても辛《つら》く苦しい戦いだった。休憩したいところだが、ここでのんびりするわけにはいかない。次はエリーナの魂を修復する作業に移る。

エリーナの魂は、ずいぶんと手酷くやられてしまっている。大回顧鳥の心臓が発光し始める。力なく明滅するエリーナの魂の光は、今にも消えそうだ。俺の魔力をその魂に纏わせ、欠損した部分、破損した部分を徐々に修復していく。

「うっ!?」

エリーナが声をあげるが、今までなんの反応も見せなかったのだからよい傾向だ。

「エリーナ！」

「お嬢様！」

エッガーシェルト官房長と侍女のアイリスが、エリーナを心配して思わず声をあげる。サキノがそれを制して静かにさせた。

さぁ、俺の魔力を受け入れろ！　エリーナの体を淡い光が包む。あれは俺の魔力とエリーナの魂の光だ。

くーっ、魔力が枯渇《こかつ》しそうだ。一回の魔法の行使で俺の魔力が枯渇するってことは、かなり強力な呪いなんだと思う。これはきつい。

エリーナを包んでいた光が徐々に薄くなっていき……消えた。成功だ。これでエリーナは助かったはずだ。

「……終わった」

俺は椅子に座っていたが、体に力が入らないのでふらついてその椅子から落ちそうになった。

「殿下⁉」

サキノが受け止めてくれた。頼りになる家臣だ。

「エッガーシェルト卿」

俺は力なくエッガーシェルト官房長を呼んだ。

「は、はい！」

「解呪は成功した」

「そ、それでは⁉」

「このあとは体力を回復させる薬を飲めば、元気になっていくだろう」

「あ、ありがとうございます！」

エッガーシェルト官房長が俺の横で平伏して感謝の意を伝えてきた。

「……お、お父様……」

「っ⁉　エリーナ！」

平伏していたエッガーシェルト官房長が跳ね起き、エリーナのベッドの脇に飛んでいった。

「なんだか……悪い夢を……見ていた……ようです……」

「うんうん。よかった、よかった……」

エッガーシェルト官房長の目から、大粒の涙が溢《あふ》れ出して止まらない。

「エッダ、薬を」

「はい」

エッダはカバンの中から薬を取り出すと、アイリスに渡して用法をレクチャーした。あの薬は俺が調合したもので、滋養強壮効果のあるものだ。

エリーナは病気ではなかったので、今後は体力の回復に注力すれば問題ないはずだ。

「エッガーシェルト卿、余は疲れた。今日はこれで失礼させてもらう」

「殿下、このご恩は一生忘れません！」

俺は少しだけ口角を上げてエッガーシェルト官房長に笑いかけた。その言葉、忘れないからな。

「サキノ、魔力を使いすぎた。屋敷へ連れ帰ってくれ」

八歳の俺をサキノが軽々と抱きかかえてくれた。

「ご無理をなさる。しばらくは大人しくしてください」

「………」

俺ってそんなに大人しくなかったのか？　おかしいな、俺は自重できる八歳の子供のつもりなんだが……。

「――ですので、殿下がお作りになられました薬を私どもの店で扱わせていただけたらと考えております」

この四〇歳くらいの男性の名前はケルジット・アンバーという。アンバー商会という大きな商会の会頭《かいとう》をしている人物で、俺の作る薬を仕入れたいと提案してきたのだ。

なぜ俺の薬を自分の店で売りたいと申し入れてきたかというと、話は半年前に行ったエッガーシェルト家の娘の解呪の一件に遡《さかのぼ》る。

「呪いを受けたエッガーシェルト様のご息女へ処方されました薬の噂は、この帝都で評判になっておいでです」

呪いを解呪しても死の間際《まぎわ》までいったエリーナ嬢は、簡単には回復しないとエッガーシェルト家では見ていた。それが、俺の薬を飲んでいたら半月ほどで起き上がることができるようになり、一カ月もすると自力で歩けるようになったのだ。

そんなことがあってエッガーシェルト官房長が、あちこちで俺のことを褒《ほ》め称《たた》えていて、その話が目の前のアンバーに伝わり今に至るわけだ。

「殿下の魔法の才は私も聞き及んでおりましたが、薬学に関しても素晴らしい知識と才能がおありになられます！」

俺の薬を仕入れたいから必死で俺に取り入ろうとするが、そう簡単に薬を卸《おろ》すわけにはいかない。さて、どうしようかな……。

「アンバー、そなたの話は分かった」

「では⁉」

「検討してから後日連絡を入れる」

アンバーはここで商談をまとめたかったようだが、商人という生き物は貴族でも食い物にしようとするので回答は慎重にしないとダメだ。もっとも、親王である俺を侮《あなど》ったら商会が潰されるくらいのことは考えるだろうから、そこまで慎重にならなくてもいいかもしれないが。

アンバーは帰っていった。エッガーシェルト官房長が言いふらしているので、こういう来客が毎日のようにあるのだ。彼にも困ったものだ。


「殿下、アビス准将《じゅんしょう》がお越しになりました」

アビス准将の名は、今回の面談を申し込まれるまで聞いたことがなかった。家臣が集めた資料では五二歳の男爵で、目立った手柄はないので准将といっても地味な印象を受ける人物だ。

俺が入室を許可すると、入ってきたのはとても軍人とは思えない容姿の人物だった。軍服を着ているので軍人なのは分かるが、ひょろっとした冴《さ》えない文官のような感じの男性だ。

「初めて御意《ぎょい》を得ます、某《それがし》はフリアム・アビス准将にございます。殿下」

この帝国では貴族の位階よりも、軍の階級や行政機関の役職のほうが名乗りに使われる。皇帝の孫でも平民になるこの国では、爵位よりも能力のほどを示す階級や役職のほうが重要視されているからだ。

目の前にいるアビスは五二歳になってもまだ准将なので、能力的には月並みといった感じだろうか？　また、軍人らしく俺に敬意を表すために敬礼をしたが、そのポーズが堂に入ってない。

「うむ、ゼノキアだ。楽にしろ」

「ありがとうございます」

さて、アビス准将からはどんな話が出てくるのだろうか？

「准将、今日はどのような用があって来たのだ？」

「はい、某を殿下の麾下《きか》に加えていただきたく、参上いたしました」

俺の家臣になりたいということか。こういう売り込みは今までにもあったが、多くは断っている。

サキノも元軍人で准将だったが、サキノは三〇歳で准将だったから、そのまま軍にいればアビスと同じ年齢になる頃には最低でも中将《ちゆうじよう》、通常なら大将になっていただろう。それにサキノは平民出身で准将になっているので優秀なのがよく分かるが、男爵で准将は普通だ。

俺に仕えたいというのはありがたい話だが、いかんせん能力的に心許《こころもと》ない。目の前にいる五二歳で准将という平凡な軍歴のこの男を、どう評価しろというのか？

「殿下は某の経歴に目立った功績がないことを、危惧《きぐ》されておいででしょうか？」

顔に出ていたか？

「なぜ分かった？」

「どのようなお方でも、小官の年齢と階級を聞くと微妙な顔をなさります」

　これまでにも何度か自分を売り込んだのかな？

「勘違いをされているようですので補足させていただきますが、某はこれまで他の親王殿下を始めとして有力貴族の麾下に入ろうと思ったことも、行動に移したこともございません」

　なぜ俺の考えが分かるのだろうか？

「某の出世が遅いのは有力貴族の後ろ盾《だて》がないからと、某の能力が派手なものではないからです」

　たしかに有力貴族の麾下に入ってなければ、出世に不利だろう。しかし、能力が派手ではないというのはどういうことなんだろうか？

「某はこれまで編制本部におりまして、他の部署には配属になったことがございません」

　編制本部というのは軍部の中でも後方支援に特化した部署だ。主《おも》に物資の管理や新兵の徴募を行う部署であり、前線に出ることがないため花形部署ではない。

「某は編制本部一筋三〇年です。その状況下で准将になっておりますことを、評価していただきたいと思っております」

　後方支援で手柄を立てるのは非常に難しく、後ろ盾もない境遇で准将にまで昇進したのは、たしかに稀有《けう》な存在かもしれない。そういえば、編制本部は前線に出たくないクソな野郎たちが、コネを使って配属されるのが多く、後ろ盾がないと出世しにくい部署の代表格だったな。

　そう考えると、アビスはコネもなく准将にまでなったのだから、……優秀か？

「ふむ、それで准将は余に何をもって仕えるのだ?」

「某の編制本部での役職は編制本部第一管理部長でございます。殿下が某の後ろ盾になっていただければ、いずれ編制本部長へ昇進することでしょう」

なるほど、編制本部長ともなれば軍の物資に関する大きな権限を持つわけで、それが俺の力になるということだな。

「分かった、准将を余の麾下に加えよう」

「ありがたきお言葉。忠誠をもって殿下へ恩返しをさせていただきます」

「サキノ、余の紋章を与えよ」

「はっ!」

俺は机の引き出しから紋章入りのメダルを取り出して、サキノに渡した。このメダルを持った人物は俺の庇護下《ひごか》にあるという意味のもので、俺の家臣には全てこのメダルを授けている。

紋章に使うデザインには一定の使用制限がある。皇帝なら龍と剣、皇太子ならライオンと剣、親王なら大鷲《おおわし》と剣、皇族ならトラと剣、侯爵なら狼、伯爵ならヤギなどだ。

剣の意匠《いしょう》は皇族以上にしか使うことが許されていないし、龍は皇帝、ライオンは皇太子、大鷲は親王、トラは皇族の象徴なので他の者は使用できない。俺の紋章は大鷲をバックに二本の剣がクロスしたものになっている。

アビス准将にその紋章が刻まれたメダルを渡したが、裏にはロットナンバーが彫り込まれている。そのロットナンバーで誰のメダルか分かるようになっているのだ。

アビス准将はサキノからメダルを受け取ると、そのメダルを首にかけてビシッと敬礼をした。ただし先ほど述べたように、その敬礼が様になっていない。

「今後はこのサキノと連絡を取り合え」

「承知いたしました。サキノ殿、よろしく、お願い申す」

「殿下の御《おん》ため、身命を賭《と》して働きなされ」

アビス准将の後ろ姿を見送り、俺は息を吐いた。親王になると嫌でも政治に関わることになる。

こういったことはこれからもあると思うが、その全てがいい人材とは限らない。人を見る目を養わなければいけないな……。そういうのは前世でも苦手だったんだよな。俺は戦場で指揮を執《と》っているほうが性《しょう》に合っているのだ。

「サキノはあのアビスという人物をどう見る？」

「編制本部長を望むくらいの野心はあるのでしょう。それと、自身の強みと弱みをしっかりと把握している御仁《ごじん》と、見受けました」

自身の強みと弱みか。まあ、大将になりたいとか言わないだけ、自分の身の丈《たけ》が分かっているのかもしれないな。

エッガーシェルト家のエリーナの解呪を行った一〇日ほど後のことだ。俺は地下室で、ある実験をしていた。

毒探知の魔法を開発するために毒のことを知らなければと思った俺は、毒を生成してその効果の確認をする。毒の効きめの検証と解毒薬の作成を行っていた。

俺を殺そうとした一〇人の囚人たちは、俺の実験へ協力することに同意した罪人だ。とはいっても、こいつらはその後に俺を殺そうとしたので、実験体になったら恩赦《おんしゃ》を与えるという契約は、全て白紙に戻している。

俺を殺そうと襲ってきた時、三人はサキノに斬られた。しかし、実験体は貴重なので、水属性の回復魔法で命は助けた。

毒の量に変化をつけて、一〇人の実験体に投与した。まったく反応しない実験体や、一瞬で吐血《とけつ》して絶命した実験体までデータが取れた。

本当はもっと多くのデータを集めたいが、罪人とはいえ人の命がかかった実験なので、我慢しなければならない。なにせ、死刑囚でさえ実験体になってもいいという奴は、そんなに多くないのだから。

「この毒は一〇〇ミグムで痙攣《けいれん》の症状が出て、二〇〇ミグムが致死量か。五〇ミグム以上で微熱を発し、三〇ミグム以下ではまったく変化が見られない」

度量衡《どりょうこう》は国によって違うが、帝国内では統一された度量衡が使われている。

その中で、重さに関する単位はグムが基本で、一グムはほんの一摘《つま》みの塩よりも軽い量になる。

グムよりも小さい単位がミグムで、一〇〇〇ミグムで一グムになる。また、一〇〇〇グムで一キグム、その上が一〇〇〇キグムで一トムになる。

今回、実験体を二人死なせてしまったが、致死量のデータは絶対に必要なのでそれについては仕方がない。

死んだ二人はあの世に行ってから俺のことを恨んでくれ。まあ、すぐに死ねたほうが楽だから、他の八人よりは幸せなのかもしれないが……。

ただ、一人はその量では死なないだろうと思っていたのに死んでしまったので、俺の見込みに甘さがあったのだと少し落ち込む。

「ふー……。やっぱり思ったようにはいかないな……」

「殿下、表向きではありますが、あの者たちは死ぬ可能性があると知っていてここに来た者たちです。殿下が気に病《や》むことはありません」

サキノが言う表向きというのは、一〇人は死刑囚で恩赦を条件に俺の実験につき合っているということだ。死ぬ可能性が高いと知った上で、契約書にサインしたのだから俺が気にする必要はない。

俺が気にしているのは、人体実験用の生体を確保するのは難しいのに、二人も死なせてしまったことだ。

「三〇ミグムで抗体ができるか継続的に観察する」

俺は実験ノートに今回の結果を記録し、今後の確認事項を書き連ねた。

「今日はここまでだな」

ノートを閉じて書棚にしまい、肩を軽く叩いた。

「お疲れ様です。殿下」

「人の命がかかっているので、本当に疲れたよ。あ、そうだ。あの件はどうなっている？」

「問題なく潜入しています」

実験体になっている彼らは、法務大臣が雇った刺客たちだ。

捕縛後、いつかの刺客と同じように彼らに魔法を行使して、雇い主のことを確認しているから間違いない。ただ、物証がないので、今はその証拠を得るために動いているところだ。

彼らは罪人なので、罪人の証言だけでは有罪にはできないのが法務大臣という権力者である。今はグッと我慢をして、反撃の時を待っているところなのだ。

「それと、例の呪いの依頼主が分かりました」

エッガーシェルトの娘のエリーナを呪わせた依頼主を調べるのは、それほど難しくない。今回の呪いは、エリーナが後宮に上がることになったのが発端《ほったん》なのは明らかなので、そのことに不満を持つ人物を当たればいいのだ。

後宮に上がる候補者は他に三人いた。その三人を調べるように指示しておいた。といっても、そこまで踏み込んで調べる必要はない。なぜなら、俺がエリーナの呪いを解呪したことで、行き場を失った呪いの力が依頼主と術者に跳ね返っていったからだ。

つまり、解呪が行われると同時に呪いが返され、依頼主と術者がエリーナと同じ呪いにかかってしまったというわけだ。

あれから一〇日がたっているので、その依頼主はかなり衰弱していることだろう。そうなると、医者や薬剤師、さらには魔法士を呼んで治療を試みているはずなので、三人の候補者からそういった動きがある人物を探すのは簡単である。

「どの家の者だ？」

「カンバス侯爵家のマーリー嬢です」

カンバス侯爵は外交畑の貴族だったな。侯爵は代替わりしたばかりで、今の当主は中間管理職の外務官吏《かんり》長だったはずだ。

帝国には多くの貴族の家柄がある。上位貴族であっても能力がなければ、中間管理職の官吏長止まりで終わることも多い。そういった人物が、娘を後宮に上げて皇帝に取り入ろうという逆転の目にかけた。そんなところだろう。

そんなカンバス侯爵の必死さが、娘のマーリーにも移ったのかもしれないし、ただ単に負けず嫌いだったのかもしれないが。

「カンバス侯爵は呪いのことを知っているのか？」

「状況的に判断しますと、呪いのことは知らないようです」

呪いの解呪ができる魔法士を呼んだのであれば、呪いのことを知っている可能性は高い。しかし、医師や薬剤師、それに回復系の魔法士を呼んだのであれば、知らない可能性が高いだろう。

それに、呪いだと分かったとしてもマーリーが呪い返しを受けたということは、マーリーが誰かを呪っていたということなので、下手《へた》な者に解呪を頼むわけにはいかない。

今回の場合、俺が解呪したので、俺以上の闇属性の魔法使いに解呪を頼まなければいけないのだが、そんな奴は滅多にいない。つまりは、俺に頼むしかないけど、そんなことができるわけがない。

俺にその話を持ってきた時点で、皇帝の妃になることが決まっていたエリーナを呪っていたのは自分の娘ですと、告白していることになるのだからな。

マーリーがそんなことをしていたとなれば、いくら侯爵でも間違いなく処分されるだろう。だから、マーリーはこのまま死んでいく運命だ。可哀そうとは思わない。これはマーリーが自分で招いたことなのだから。

「侯爵家の息女でありながら、後宮へ上がれなかったのが許せなかったのだな」

「女には女のプライドがありますから、選に漏れたのが悔しかったのかもしれませんね」

後宮入りの選出に関しては皇帝の意見が重要視される。

これが最初の妻であれば、政治的な判断になるので皇帝であっても主張を押し通すのは難しいが、皇帝にはすでに数十人もの妃がいるのだから政治的な判断より皇帝の意向《好み》が反映されやすいのだ。

女の妄念、執着、嫉妬心……怖いなぁ……。俺も気をつけよう。

ん……待てよ……。俺を暗殺しようとしている奴も、そういった理由なのかもしれないぞ。

何も法務大臣だけが俺の命を狙ったとは限らない。もしかしたら他にもいて、今も俺の命を狙っている可能性はないとは言えない。

「サキノ」

「はい」

「母上が後宮に上がる時、他に候補者がいたか確認してくれ」

「……殿下は法務大臣以外にも、殿下のお命を狙う者がいるとお考えなのでしょうか？」

さすがはサキノだ。俺の考えをすぐに理解してくれた。

「可能性がないとは言えない。だったら調査してみて、なければそれでいいし、あれば法務大臣以外にも気をつける相手がいると、考えればいい」

「承知しました。そのように手配しましょう」

サキノも可能性は潰しておくべきだと分かったようだ。さて、悪魔が出るかドラゴンが出るか。

五章　御前会議

帝国は皇帝を頂点とする中央集権国家だ。広大な国土を誇り、植民地や属国を数多く従えている。

こうして多くの植民地や属国を抱えている以上、それらで反乱が起こるのはよくある話だ。

俺の前世でも結構な抵抗を受けて力でねじ伏せていたが、その時の歪《ゆが》みが今でも続いていたら帝国への反感は、俺には想像できないほどの力になっているかもしれない。たまにはガス抜きをしてやるといいが、そんなことをする皇帝はまずいないだろう。

「ハマネスクで反乱が発生したと報告がありました」

植民地を管理する国土監視大臣が報告したように、ハマネスクという土地で反乱が起きた。

このハマネスクは帝国暦一七三年に植民地化された土地だ。

貴重な香辛料を産出する土地なので、反乱が起きると香辛料の流通が滞《とどこお》ってしまう。

「現在、総督軍が対処していますが、戦況は悪化の一途です。直《ただ》ちに鎮圧軍を送る必要がございます」

これは御前会議の場。皇帝の他に、皇太子と四人の親王《しんのう》もこの場にいる。御前会議は月に一回の頻度《ひんど》で開催されているが、今回は反乱ということもあって臨時御前会議だ。皇太子や親王は御前会議に出席する義務があるので、臨時でも御前会議であれば駆けつけなければならない。

その他には各大臣と政務官も同席している。ただし、政務官に発言権はない。

今回の議題はハマネスクの反乱なので、反乱を鎮圧する軍を送らなければいけない。ハマネスクに鎮圧軍を送るにしても、誰を指揮官にするかが問題になるのだ。

「現在動かせる艦隊は第一艦隊と第三艦隊、第六艦隊です」

ハマネスクは大きな島なので海戦になる可能性が高い。それに、兵を上陸させるにしても船が必要になる。つまり海軍が主力になる戦いだ。

「それでしたらピサロ提督《ていとく》の第一艦隊がいいでしょう」

軍務大臣が推薦したピサロ提督は、四十代の帝国海軍中将《ちゅうじょう》だったと記憶している。海戦の強さに定評がある人物だ。

「前回の時も、ピサロ提督に鎮圧を任せたのではなかったですかな？」

外務大臣が聞くと、軍務大臣が頷《うなず》いた。たしか二年前だったと思うが、別の反乱をピサロ提督が鎮圧したと記憶している。

「あまり功績を集中させるのはどうかと思いますが？　他の者に武勲《ぶくん》を立てる機会を与えてはいかがか？」

帝国はあちらこちらで紛争があるので実力主義が基本だ。だから平民出身の軍人が重職に就《つ》きやすい。件《くだん》のピサロ提督も平民出身なので、貴族の間ではよく思われていないのだろう。

ピサロ提督は現在中将だから、ここで戦功をあげたら大将に昇進する可能性がある。大将になれば貴族に列せられることになるので、貴族たちはそうさせたくないのだろう。

貴族たちの中には選民意識が根強くあるので、平民が出世するのが許せないのだ。そういった優秀な軍人のおかげで、今の帝国の繁栄があるということが分かっていないのだ。こんな貴族が多いと、帝国はどんどん弱体化していく。愚かな考えだと思う。

その点でいえば、軍務大臣は家柄ではなく能力で部下を評価しているので、軍部は比較的健全な状態にあるように見える。もし、軍部で家柄を優先した人事が行われると、それは帝国の弱体化に直結する危険性をはらんでいる。他の大臣職に比べると軍務大臣には柔軟な思考回路が求められるのだ。

「おかしなことを言われる。反乱を鎮圧するのに最も適した者を差し置いて、他の者を送れと言われるのか？」

軍務大臣はギロリと外務大臣を睨《にら》みつけた。さすがは強者揃《つわものぞろ》いの軍部を束ねる最高責任者だ、迫力がある。俺に前世の記憶がなかったら、ちびっていたはずだ。

「そのようなことを言っているわけではありません。かようにうがった見方をされますな」

外務大臣ともなれば海千山千の相手をしてきたはずだから、こんなやりとりには慣れているのだろう、飄々《ひょうひょう》としている。

軍務大臣を支持する意見と、外務大臣を支持する意見で大臣たちが分かれた。意外なことに俺の命を狙っている法務大臣は、軍務大臣の意見に賛同している。

「皆の者、陛下のお言葉である！」

右丞相《うじょうしょう》がそう発すると騒然としていた室内が水を打ったように静かになり、大臣やその後ろに控えている各省の政務官たちの視線が皇帝に集中した。

「親王に指揮を執《と》らせる。誰がよいか議論するように」

左《さ》丞相が皇帝の声を代弁した。

しかし、親王に指揮を執らせるとは、思い切った考えだ。皇帝の叔父《おじ》は五十代なのでそろそろ王に封《ほう》じて新しい親王を立てるだろうし、弟にしても五十代になるので同じだろう。この二人に功績をあげさせるとは思えないので、必然的に皇帝の息子の誰かという話になる。

第四皇子《おうじ》のザック（三五歳）は有能だが、それは文官としての面であって武官としては能力が低いと自他共に認めている。

そうなると、俺に話が回ってくると思うだろ？　まだ八歳の俺に戦場に向かえとなったら、他の親王の面目《めんぼく》が潰《つぶ》れるのでそれはないだろう。

そうすると……一人しかいないな。そう皇太子だ。皇太子や親王が反乱を鎮圧したとなると、皇帝の座がグッと近づく。

帝国は武力によって興《おこ》った国なので、武を重んじる風潮が強い。皇太子も親王の一人だから、皇太子に優秀な補佐をつけて送り出すのが一番当たり障《さわ》りのない選択になるだろう。皇帝もそれを考えているんじゃないかな？

進んでどの親王がいいと発言する大臣はいない。皇帝の思惑《おもわく》がどこにあるのか、考えているのだろう。

さて、皇帝はどのように皇太子を送り出すつもりなのか？

戦いのほうは心配する必要はないだろう。優秀な将軍をつけて、皇太子にはお飾りとして口を出させなければいいのだから。

とはいえ、皇太子が将軍の話を聞くかは、微妙なところだ。俺が皇太子だったら間違いなく将軍に指揮を任せる。そして勝って手柄だけもらうが、皇太子はどう考えるかな。

「軍務大臣、意見を述べよ」

皇帝の意を受けて右丞相が促《うなが》した。

「はっ！　親王殿下の中で実戦を経験していますのは、パウワス殿下のみでございます」

そう、実戦経験がある親王は、皇帝の叔父であるパウワス親王しかいない。これは大きなアドバンテージだが、それは皇帝の意向とは違うはずだ。軍務大臣はどう話をまとめるんだ？

「されど、パウワス殿下は最近お体の調子が思わしくないと聞いております。遠征に耐えられるのか不安があります」

そういえば、そんなことを聞いたことがあるな……。だから軍務大臣はあえてパウワスの名を出したのか。

「パウワスよ」

皇帝が直接話しかけた。相手が大臣ではなく、親王だからだ。

「はっ……」

「軍務大臣の申していることは真か？」

「はい、陛下。最近は思うように体が動かなくなっております。残念ながら軍を率いるのは難しいかと」

「ふむ……ならば、パウワスに問う。他の親王の中から今回の鎮圧軍を率いるのは誰がよいか？」

なるほど、軍務大臣に名前を出させることで、パウワスに話を振る筋道ができていたんだな。最初からこういう根回しがされていたようだ。

「……陛下のご下問にお答えいたします」

「うむ」

「年齢的にはザック親王を将とするのがよろしいのでしょう。しかし、ザック親王は剣を持ったことさえないと聞き及んでおります。さすがにそれでは軍を率いることは叶《かな》いません」

その通りだけど、それをはっきり言うか……。

第四皇子のザックが軍事に向いてないのは前述した通りだが、武を重んじるこの帝国にあって軍を率いることができないと言われたのだから、当人は内心穏やかではないだろう。

「次にカムランジュ親王は魔法の才はありますが、気が弱く実戦に耐えられるのか些《いささ》か疑問です」

カムランジュというのは、皇帝の弟のことだ。あまり話したことはないが、本当に気が弱いのかは微妙だな。演技ということもあるから、そういうことを簡単に信用はできない。

「ははは、たしかに余は気が弱い。血を見ると卒倒《そっとう》してしまう。今回も次回もその次も余は戦場には出れまい……」

パウワスを睨《にら》みつけているが、カムランジュはパウワスの言葉を肯定してしまった。これではカムランジュも親王から降ろされてしまう流れになる。

もしかして、カムランジュもパウワス同様、このことを知っていたのか。皇帝はこの二人の年をとった親王を王にして、新しい親王を決めようと思っているのか？

「さて、ゼノキア親王ですが、ゼノキア親王は魔法の天才であり、聞くところによれば一〇〇人もの賊を滅ぼしています。鎮圧軍を任せたいところでありますが、いかんせんお若い」

あら、先の二人とは違って褒《ほ》められてしまった。

「以上のことから、皇太子がもっとも適任であると考えます」

やはり、軍務大臣からの一連の流れは出来レースだったと確信した。

そろそろ親王から廃されて王に封じられる、そんな先の見えたパウワスなら皇太子を指名させるのに適任だったわけだ。皇帝も酷なことをさせるぜ。

「………」

大会議室の中に静寂《せいじゃく》が広がった。

「ゼノキア親王があと一〇年早く生まれていたら別でしたでしょうが、現時点で適任者は皇太子以外にございません」

「パウワスの意見は、よく分かった。皆、皇太子以外に適任の親王がいるという者はいるか？」

「…………」

いるとは言えないよな。ここにいる貴族もこれが出来レースだというのは分かっただろう。もし、出来レースだと分からなければ、大臣や政務官をすぐに辞《や》めてしまえ。それが本人のためだ。

「サーリマンよ」

「はい……」

「そなたに軍を与える。ハマネスクを鎮《しず》めてまいれ」

「……承知いたしました」

皇太子のサーリマンの顔を見るとかなり困惑《こんわく》している。どうも、今回の出来レースのことを聞かされていなかったようだ。どうしてだ？　うーん、さすがに分からないなぁ。

王侯貴族という生き物は、腹の中で思っていることを口に出さない生き物だ。特に自分の立場を悪くしたり、微妙な立場に追い込むようなことはできるだけ言わない。それは皇帝でも同じである。

今回のことは、皇帝の三人の息子だけが知らなかったのか？　少なくともパウワスとカムランジュは知っていたはずだ。皇帝は何を考えているのだ？

調合室でゴリゴリと薬草を粉にしていたら、サキノがやってきた。

「殿下、マーリー・カンバスが亡くなったと報告がありました」

「……そうか、分かった」

マーリー・カンバスは、エリーナを呪っていた人物だ。俺が呪いを解呪したことで、エリーナにかけられていた呪いを逆に受けてしまった人物である。

彼女は自分の呪いで死んでしまったのだ。なんと愚かなことだろうか。

「自業自得《じごう》ですな。しかし、カンバス侯爵が娘の死因について知ったら、殿下を逆恨みするやもしれませぬ。監視をさせます」

「任せる」

サキノは一礼して調合室を出ていった。

ゴリゴリ……。薬草を粉にする作業は意外と力がいる。

この時に気をつけるのは、粉の粗《あら》さだ。小麦粉のように細かくするのがいい薬草もあるが、薬草によっては粗く挽《ひ》いた方がいい場合もある。

この薬草は小麦粉くらいに細かくする。ゴリゴリ……。

いくつかの薬草といくつかの動物系素材を絶妙なバランスで調合する。

「ふー、これでよしと。テソ、そこの薬包紙《やくほうし》を取ってくれ」

「承知しました」

テソから薬包紙を受け取って、それに今調合した薬を三グムずつ包んでいく。

今回作ったものは人の身体能力を上げる薬だ。そう聞くとすごい薬効に思えるが、身体能力の上がり幅はそれほど大きくない。

自分の身体能力を一時的に向上させるというのは、体中の筋肉や骨に無理をさせるということなので、あまり強力な効果だと、体がその力に耐えきれないのだ。

たとえば、身体能力が二割増しだと、効果が切れたら全身が筋肉痛になり、三割だと酷《ひど》い筋肉痛で数日は動けなくなる。そして五割だと筋肉や腱《けん》が断裂し、七割だと骨が砕ける可能性が高くなる。また、八割以上になると、心臓の鼓動が速くなりすぎて心臓が破裂してしまうのだ。

だから、二割程度の効果が一番いいのである。

俺は訓練場へ向かった。

あの薬は俺の家臣である、兵士や騎士たちに使うものだ。

実を言うと、今回の薬を使って体を動かすと、当然のことながらいつもより動きがよくなる。そして体に負荷がかかれば、体はその負荷に耐えようと成長する。

先にも言ったが、あまり強い効果は体を壊すので、二割程度の身体能力上昇であれば、家臣たちを効果的に鍛えるのに、この薬は役に立つのである。

重要書を物色していた時にたまたま見つけた本に、この薬のことが書いてあったのだ。

なぜこのような薬のことがもっと広く伝わっていないのか？　それは、こんな薬が出回ったら、犯罪や反乱に悪用されてしまうからだろう。だから、重要書に指定されて人の目に触れないようにしたのだと思う。

「ソーサー、今日も精が出るな」

「殿下！」

部下たちを鍛えていたソーサーに声をかけたら、ソーサーは膝《ひざ》をついて頭を下げた。

「よい。立て」

「はっ！」

「これから余の騎士たちに課題を与える。ソーサーもそれに参加するように」

「課題でございますか？」

俺はその書物に記されていたことを、ソーサーに説明した。

「そのようなことが……」

「一度でいい、試してくれ」

「承知いたしました」

ソーサーが部下たちを集め、有無を言わさず俺の薬を飲ませた。これが毒だったらとか、麻薬のようなものだったらどうしようかなんて思わないのか？

「よいか！　これよりひたすら走る！　ついてこい！」

「「「おおぉぉぉっ！」」」

三〇人ほどの部下たちが、ソーサーに続いて走り出した。俺の前だからか、部下たちも張り切っているように見える。

この三〇人ほどの家臣は、元々は近衛《このえ》騎士や騎士団員だったが、俺が親王になる際に俺の配下になった者たちだ。

俺が親王になって家臣に取り立てた者で武官はおよそ一三〇人いて、そのうちの三〇人ほどがここにいる。

他に屋敷内の警護に三〇人ほどいて、他の七〇人ほどは城外にある屋敷（親王府）の警護や休みを取っているので今はいない。

ソーサーと三〇人の愉快な部下たちが走り出して一時間。俺はテソに命じて水を用意させた。

ソーサーたちは全員金属の鎧《よろい》を身に纏《まと》っているのに、この一時間走りっぱなしだ。

さすがの愉快なタフガイたちも、疲労の色が顔にへばりついている。

「ソーサー様、水を飲んでください！」

テソが走っているソーサーに大声で声をかけたら、ソーサーはチラッとテソを見て頷《うなず》いたように見えた。

「ゼェゼェ……」

激しい息遣《いきづか》いなのはソーサーだけではなく、三〇人の部下も同じだ。

だが、ソーサーは水をゴブレットに一杯だけ飲むと再び走り出して、部下もそれに続いた。

それから一時間ごとに水を飲んでソーサーたちは走り続けた。

「で、殿下！　お客様がおいでです」

エッダが俺の執務室に飛び込んできた。ノックもせずにえらい慌《あわ》てようだ。

「客？　今日は来客の予定はなかったはずだが？」

「はい……。それが……」

エッダが言いよどむとは、相当なことなんだろう。

「すまぬが、邪魔するぞ」

「っ!?」

俺は椅子から立ち上がって机の前に進み出ると、膝をついた。

そう、俺の前に現れたのは皇帝である。来るなら来ると先触れを出してほしい。心臓に悪いじゃないか。

「忍びである。堅苦しい挨拶はなしだ」

「はい、陛下」

皇帝は俺の執務室に置いてあるソファに座ると、指で向かいのソファを差した。座れってことだ。まったく、何を考えているのやら……？

ソファに座って皇帝を見据えた。こうやってまじまじと注視すると、本当に年齢より若く見える。若返りの秘薬でも使っているんじゃないか？　それとも何か秘訣《ひけつ》でもあるのかな？

「皇太子がハマネスクに向かった」

「はい」

皇帝はエッダが出した紅茶に口をつけた。毒殺を気にしろよな。

「ゼノキアよ、正直に答えてほしい」

「はい」

「あれはハマネスクの乱を鎮めることができるか？」

あれというのは、皇太子のことだろう。ハマネスクを鎮圧させるために第一と第三艦隊を動かしたんだろ？

ハマネスクの反乱軍がどれほどの戦力か聞いていないが、二個艦隊を差し向けて鎮圧できないのなら、皇太子の無能さが浮き彫りに……なるよな？

「………」

「さすがのゼノキアも答えに窮《きゅう》するか」

答えに窮しているわけではなく、あんたがそれを聞きに来た理由を考えているんだよ。

「恐れながら……」

「なんだ？」

「陛下は皇太子に何をお望みで？」

「くくく、そうきたか。うむ、朕《ちん》が皇太子に望むのは強くあってほしいということだ」

「強く……」

「そう、強くだ」

皇帝はまた紅茶を口にした。

このフォンケルメ帝国は武を重んじる。もとは大国の属国だった小国をこの大帝国へと押し上げたのは、ひとえに武力によってだ。

だからこの国の貴族は強くなければならない。皇帝もそれは同じである。

もちろん、文官がいなければ国は成り立たないので文官も大事だが、武官は尊敬を集めている。

「朕も若くはない。次の皇帝はそう遠くない時期に現れるだろう」

俺の目を真っすぐ見つめてくる。

「皇帝は強くなければならぬ。そして賢くなければならぬ」

フォンケルメ帝国という大きな国の要《かなめ》なのだから、強くて賢いほうがいいに決まっている。

「同時に清濁併《せいだくあわ》せ呑む度量も必要だ」

当然だ。綺麗ごとだけで世の中が回るわけない。

「……なぜ、某《それがし》にそのことを？」

「ゼノキアよ、そなたは清濁併せ呑むことができるか？」

それを俺に聞くか!?

「必要であれば、併せ呑みましょう」

「うむ、それでよい」

皇帝はスッと立ち上がって、扉のほうに歩き出した。俺も立ち上がったが、皇帝が手で制してきた。

「………」

皇帝はエッダが開けた扉を通って部屋から出ていった。

皇帝は皇太子が負けると思っているのだろうか？　戦《いくさ》に負けるということは多くの兵士を失うということだ。皇太子はどうでもいいが、それは帝国にとってよいことではない……。

いや、待てよ……。そうか、帝国は一時的には弱体化するかもしれないが、帝国は広大な領地に裏付けされた生産力があるから、艦隊の再編制にかかる時間は大したことないだろう。

無能な皇太子は戦死か敗戦の責めを負って廃され、新しい皇太子が立てられる……。そしてその新しい皇太子には強く賢い者をつける……か。

自分の子供である皇太子を切り捨てるつもりなんだな……。だが、今の皇子の中に強く賢い者はいるのか？

「強く、賢い……か？」

俺はソファの背もたれに体を預けた。皇帝は、俺を……いや、止《や》めよう。

俺は皇帝になりたいわけじゃない。それに皇帝になったら、魔法の研究ができなくなる。

皇帝から呼び出されたので、皇帝の執務室に赴《おもむ》いた。てか、さっき俺の屋敷に来たばかりだろ。用件ならさっき言えよな！

「楽にせよ」

このくだりも毎回のことだ。

「ゼノキアの婚約が決まった」

そういえば、そんな話もあったな。皇帝に任せていたので忘れていたよ。

「婚約発表は来年。婚儀はゼノキアが十二歳になる年にしようと思っておる」

俺は八歳だから今すぐ結婚するわけではない。

「陛下に、お礼申し上げます」

「うむ、ゼノキアには今後も期待しておるぞ」

今後も？　ふむ、含みがある言葉だ。先ほどの訪問といい、皇帝は俺を皇太子にしようとしているのか？　そうだとしたら、また刺客《しかく》や毒に気をつけないといけないな。

法務大臣あたりは、俺に皇帝になってもらっては困るだろうから、躍起《やっき》になって俺を殺そうとしてくるだろう。いや、待てよ……。法務大臣がそれで馬脚を現す可能性が高くなるな。ふむ、悪くないのか……？

俺が何を考え何を思おうとも、皇帝の意志が優先されるのが帝国だ。これに関してはなるようにしかならない。

だが、自分の進むべき道を自分で決められないのは、情勢に流されるようで嫌だ。だったら、そこに俺の意志を介在させられるように心がけよう。

帝国暦五六一年三月二十日、俺は九歳の誕生日を迎えた。このフォンケルメ帝国では、九歳の誕生日を祝う慣例はない。にも拘《かか》わらず、俺の屋敷には諸侯からのお祝いの品々が続々と届けられている。

「ゼノキア殿下におかれましては、九歳の誕生日を無事にお迎えできたこと、非常にめでたく、お祝い申しあげます」

どの口が言っているのだろうか。この野郎、いけしゃあしゃあと俺の前に顔を出すとは、相当面《つら》の皮が厚いと見える。

「法務大臣が余に祝いを言うとは、珍しいこともあったものだ」

そう、今、俺の目の前にいるのは、俺を殺そうとして刺客を送りこんできた法務大臣だ。

「何を仰《おっしゃ》いますか、某《それがし》は殿下の聡明《そうめい》さに惚《ほ》れ込んでいるのです。殿下さえお嫌でなければ、これからも顔を出させていただきますぞ！」

本当にどの口が言っているのか？

「ふむ。法務大臣は余と誼《よしみ》を通じたいと言うのだな？」

「誼などと、滅相《めっそう》もございません。ただ、これからもこのアムレッツァ・ドルフォンをお引き立ていただければと、そう思っている次第にございます」

「ふむ……。そなたは、余のために働くというのか？」

「殿下の偉業のほんの一部を某にお手伝いさせていただければ、これ幸いにございます」

本気なのか？　本気ならすごい手の平返しだな。そして本気でなければ、俺の懐《ふところ》に潜《もぐ》り込んでどうする気だ？　法務大臣自身が俺を暗殺しに来たのか？　本人が俺を暗殺してなんの得がある？　親王を暗殺したら法務大臣だろうがなんだろうが死刑どころか一族郎党根絶やしにされるだろうし、第四皇子が帝位に就《つ》くこともできなくなるはずだ。本末転倒だろ？　うーん、この野郎の狙いが分からない……。

「分かった。法務大臣には余のために働いてもらおう」

「ありがとうございます」

貴族らしい綺麗な礼をしやがる。

「ただし、余は能力主義だ。能力のない者を要職に就けることはない。励むことだ」

「承知しております」

本当に分かっているのだろうか？　そして、こいつの意図は本当になんなのだ？


法務大臣と話をした数日後、臨時御前会議が召集された。おそらく皇太子のハマネスク鎮圧の件だろう。

各親王と各大臣が勢揃《せいぞろ》いして皇帝を待っていると、左右の各丞相を引き連れて皇帝が入ってきた。俺たちは椅子から立ち上がり皇帝に頭《こうべ》を垂れた。皇帝が椅子に腰かけると俺たちも椅子に腰かけて、臨時御前会議の開会の言葉を待つ。

「これより、臨時御前会議を開会します。さて、本日の議題は――」

右丞相が開会を宣言し、議題の説明に入った。

「本日の議題は、帝都周辺に現れた迷宮《ラビリンス》の件にござる」

集まった重臣たちがざわめいた。俺同様、ハマネスクと皇太子の件だと思っていたんだろう。

しかし、迷宮のことかよ……。

帝都の北側に広がるアルゴン草原に突如《とつじょ》現れた迷宮はかなり深く、まだ迷宮魔人を討伐できていない。

迷宮の入り口付近は、騎士団の駐屯地《ちゅうとんち》や探索者ギルドの支部ができているとも聞く。

「その他に――――」

まだ何かあるのか？　ハマネスクの件か？

「新しき親王殿下について、陛下よりお言葉があります」

先ほどの迷宮と聞いた時の比ではないほど騒然となる。まさかこの時期に新親王の発表があるとは思ってもみなかった。てか、誰が王に封じられるんだ？　まさか皇太子ではないよな？

「陛下の御前にござれば、静粛に」

左丞相が苦言を呈して、やっと静かになる。

「まずは迷宮の話でございます。また、迷宮のことゆえ、今回は陛下より特別に騎士団長の出席の許可を得ております」

騎士団長は皇帝の直属の臣下だが、その地位は大臣より一段下がる。御前会議に出席するのは親王と大臣、そして政務官だけなので、騎士団長が御前会議に出席することはない。

ただし、右丞相が言ったように、特別に皇帝が許せば出席できる。

「聞き及んでいる方もいると思いますが、アルゴン迷宮では多くの被害が出ております」

アルゴン平原にできた迷宮なので、アルゴン迷宮と呼称されている。

そのアルゴン迷宮で騎士団員が四〇人以上犠牲になり、それ以外にも多くの怪我人が出ていると聞いている。帝城内では、ハマネスクとアルゴン迷宮の話題が出ない日がないほどだ。

「その件について、騎士団長より報告してもらいます」

大きな体を縮こまらせ、騎士団長はアルゴン迷宮と騎士団の被害状況を報告する。

騎士団長が戦々恐々の表情で報告するのには、先ほども言ったように四〇人以上の被害が出ているからだ。

日頃、迷宮魔人討伐のエキスパートと豪語する騎士団が、できてすぐのアルゴン迷宮を攻略できない。騎士団員や騎士団長にとって屈辱的なことなのだ。

「騎士団長に聞く。アルゴン迷宮はそれほどに深いのか？」

ハイマン国土監視大臣が騎士団長に聞く深さというのは、迷宮の規模のことだ。迷宮魔人を討伐しないと、日を追うごとに迷宮が深くなり、規模も大きくなるのだ。

「いまだ迷宮魔人は発見できておりませぬゆえ、深いかどうかさえ分かっておりませぬ」

なんとも頼りない発言だ。そう思った大臣は多いようで、騎士団長に対する風当たりは強い。

「今後の対応を聞きたい。まさか、無策というわけではあるまいな？」

フォームズ軍務大臣が呆《あき》れ顔で訊《たず》ねた。その気持ち、よく分かるぞ。

「探索者ギルドに、優秀な探索者を集めてもらっております」

他力本願か。この騎士団長は、その職責の重要性を理解しているのだろうか？

「話にならぬぞ、騎士団長」

カマネスク財務大臣が首を振り、吐き捨てるように言った。

「騎士団は国内の治安維持が主《おも》な職務である。その中には迷宮魔人の討伐も含まれているのは誰もが知るところだ。迷宮魔人を討伐した後《のち》、探索者ギルドのような外部の組織に迷宮の管理を任せるならまだしも、迷宮魔人を倒すことを目的として探索者ギルドを使うなど職務怠慢《たいまん》以外の何ものでもないぞ」

財務大臣はかなり憤《いきどお》っているようだ。

現在の帝国は、ハマネスクとの紛争を抱えている。それ以外にも数カ所に軍を派遣している。騎士団が迷宮魔人討伐を果たしていない迷宮も、アルゴン迷宮だけではない。

軍事行動を維持するには、金が必要だ。その財源を工面《くめん》する財務大臣としては早く迷宮魔人を討伐して、探索者ギルドに運営を任せたいところだ。

反乱などの人相手の揉《も》めごとは簡単ではなく、一度紛争が収まっても再燃することはある。しかし、迷宮は迷宮魔人さえ倒してしまえば、安定した財源になる。そういう意味でも、早く迷宮魔人を討伐してほしいのだろう。

喧々囂々《けんけんごうごう》ではないが、概《おおむ》ね騎士団長を譴責《けんせき》する声が会議室に満ちた。そこで左丞相が「陛下のお言葉である」と発したので、静寂が訪れ全員の視線が皇帝に向く。

「ゼノキアに問う。そなたの魔法は迷宮内でも使えるか？」

む、俺だと？

これまで誰も俺の名前は出してないし、俺はひと言も発していない。それなのに、俺の名前を呼ぶかよ。

「申し上げます。私はこれまで迷宮に入ったことがございませんので、なんともお答えいたしかねます」

　この時代の迷宮には入ったことがないので、これが正直な答えだ。まあ、前世より魔法の才能は高いので、問題ないと思うけどな。

「一度、迷宮に入らせていただければ、お答えもできましょう」

「そうであるか」

　迷宮というのは、それぞれに個性がある。

　罠《わな》が非常に極悪な迷宮もあるし、まさに迷路のようにいく手を阻《はば》む造りのものもある。

「ならば、迷宮を探索してみるがよい」

「畏《かしこ》まりました」

　これは勅許《ちょっきょ》ではなく、勅令《ちょくれい》として発せられることになった。久しぶりの迷宮に、血が滾《たぎ》るぜ。

　臨時御前会議はまだ続く。

「アルゴン迷宮については、ゼノキア殿下による探索を行い、その結果により今後の方針を定めることにいたします」

　迷宮については、俺の働き次第と右丞相が締めくくる。

「続いて新親王について陛下よりお言葉をいただきます」

　新親王の話は各大臣も初耳なのか、興味津々《しんしん》といった表情だ。

「朕も色々考えたが――――」

皇帝が口火を切った。

「親王の若返りを行うべきであろう」

若返りとなると、対象は皇帝の叔父であるパウワスか、弟のカムランジュ辺りになるだろう。

第四皇子ザックがホッとした表情をした。王に封じられるんじゃないかと、冷や冷やだったんだろうな。もう一人、法務大臣のほうを見ると、奴は無表情を貫《つらぬ》いている。さすがは海千山千の政治家だ。

「パウワスよ」

「はっ」

「そなたをゼグール王に封じる」

パウワスが王に封じられたか。まあ、順当と言えば順当だ。

「カムランジュよ」

「はい」

む？　カムランジュの名を呼んだだと？

「そなたをフェリス王に封じる」

なんと二人とも王に封じられてしまった。俺の記憶が確かなら、一度に二人の親王が王に封じられるようなことは、皇帝の代替わりの時以外にはない。

皇帝が変わった時に、新皇帝の子供を親王に据える目的で親王を総入れ替えすることはある。

だが、こんな何もない時に二人も入れ替えるなど、珍事だろう。

大臣たちもかなり驚いているようなので、左右の各丞相以外は聞かされていなかったのかもしれないな。

「第八皇子ゾドロスを新たな親王にする」

ゾドロスは俺よりも八歳年上なので、成人として認められている年齢だ。剣の腕はなかなかのもので、体も相当大きい。騎士に交じってかなり厳しい訓練をしていると聞いている。ただし、最近の騎士団の訓練は厳しさが足りないのではと、俺は思っているが。

まあ、新親王と言えば、ゾドロスの名が上がるのは予想できた。

第一、第五、第九皇子はすでに他界しているし、第二皇子は王に封じられている。残っている皇子は第六、第七、第八、第一〇で後は俺よりも年下になる。ただし、第一〇皇子は俺と同じ九歳なので、今回は除外される可能性が高い。

また、第六皇子はエストリア教の名誉大司教だから親王にはしないだろう。帝国全土でもそうだが、皇室内でもエストリア教の影響力が大きくなるのは皇帝も避けたいところのはずだ。

そうすると残っているのは第七皇子になるが、こいつは素行が悪いことで有名だ。俺は第七皇子とあまり顔を合わせたことがないので分からないが、母親が子爵出身なので親王にはなれないと思っているのか、かなり好き勝手やっているらしい。

「もう一人の新親王は、アジャミナス・オットーである」

ザワリ。そうきたか。

「恐れながら、お聞かせ願えますでしょうか」

法務大臣が顔色を変えた。あいつでも、こんなに焦《あせ》ることがあるのかというくらい、焦っている。

「何か」

「オットーと仰《おつしや》いますと、オットー侯爵家にございますか？」

アジャミナスはオットー侯爵家の嫡子《ちやくし》である。なぜ侯爵家の者が親王になれるのかというと、アジャミナスが皇帝の第二皇女《おうじよ》の息子、つまり外孫だからだ。

皇帝の血筋なのは間違いないが、その程度で法務大臣が焦ることはない。じゃあ、なぜ法務大臣が焦っているかというと、オットー侯爵家は法務系官僚の家だからだ。

今は当主が官房長をしていて、法務大臣にとっては目障《めざわ》りな相手だ。簡単に言うと政敵というやつだな。

従甥《じゆうせい》が親王である法務大臣（法務省トップ）と、息子が親王の官房長（法務省ナンバースリー）、これから法務省は大きな派閥《はばつ》争いがあるかもしれないな。

「そうだ、ゲルバルド・オットーの子である」

答えた皇帝に頭を下げた法務大臣は、苦虫を噛み潰《つぶ》したような表情だ。

皇帝の意図がどの辺りにあるのか？　最近、俺にすり寄り始めた法務大臣の動きを牽制《けんせい》でもしたいのか？　それとも第四皇子に何かあるのか？　さすがに意図を測りかねる。

しかし、法務大臣にとっては逆風になったのは言うまでもないだろう。もっとも、したたかな法務大臣が、これで落ちぶれていくとは思えないが。

臨時御前会議が終わると、俺は騎士団長に声をかけた。別に気を落とすなとか、そんなことを言うつもりはない。

「これまでに分かっていることを、まとめて報告書にして持ってこい」

「承知……いたしました」

この騎士団長は俺が武装勢力に襲われた時、何も分からないと報告してきた。本当に分からなかった可能性もあるが、何かを隠していた気がする。

こいつが俺を殺そうとした奴（もしくは奴ら）を庇《かば》うというのであれば、それもいいだろう。

しかし、騎士団長の職務には皇族を守ることが含まれている。それを放棄した奴に将来はない。

さて、騎士団長がどれだけアルゴン迷宮のことを把握しているのか、その報告書を見れば分かるだろう。さらに、こいつが騎士団長としてどれだけ優秀かも、それで分かる。


会議室を出ると、待っていたサキノと目が合った。何も喋《しゃべ》らず廊下を歩き、サキノと二人の騎士が俺の後についてくる。

建物を出て馬車に乗り込む。帝城内は広いので、馬車で移動するのが一般的だ。

「パウワス殿とカムランジュ殿が王に封じられた」

俺の屋敷に向かう道すがらサキノに語って聞かせた。

「二人同時にですか……。して、新しい親王は？」

サキノは少し驚いたようだが、あくまで顔には出さない。

「ゾドロス兄上だ」

「順当ですな」

言葉は少ないが、サキノの考えが詰まっている。俺と同じように、新親王に真っ先に名が挙がるのは、ゾドロスだと考えていたのだろう。

「それで、もう一人は」

「誰だと思う？」

「ゼノキア様が勿体《もったい》ぶるということは、意外な人物なのでしょう……」

俺のことをよく分かっているな。

「他の皇子で親王に相応しいお方は……。そうなると、オットー侯爵家のアジャミナス殿にございますか」

「よく分かったな」

サキノの推察力に脱帽だ。

「アジャミナス殿の噂は聞き及んでおります。なんでも、一〇歳の頃には法典を諳《そら》んじたとか」

法典とはこの帝国の法をまとめたとても分厚い本のことだ。細かい文字がびっしりと書き込まれていて、俺は読む気にもならない。これが魔法書や魔導書なら、喜んで読んだんだけどな。

「陛下にとっては外孫にございますれば、親王宣下《せんげ》を受けてもおかしくはないですが、それが法の申し子殿ですと法務大臣は面白くないでしょうな」

一〇歳で法典を諳んじたため、アジャミナスは法の申し子と言われている。俺も魔法の天才などと言われているが、そういうのが世間は好きなのだ。

「おそらく、法務省はしばらくごたごたするだろうな」

サキノが笑った。法務大臣が俺に刺客を送ったのは確かだ。だからサキノは法務大臣にいい感情を持っていない。

法務大臣は俺にすり寄ってきているが、それだってどんな思惑《おもわく》があってのことか分かったものではないからな。

「まあ、親王のことはどうでもいい」

「かなり重要なことだと存じますが？」

「そんなことより、アルゴン迷宮の探索をすることになった」

「ほう……。迷宮探索ですか」

馬車を降りて屋敷に入る。屋敷妖精のメイゾンと使用人たちが出迎えてくれる。エッダにお茶を頼み、執務室に入って椅子に座ってサキノを見据えた。

「騎士団長が迷宮の報告書を持ってくるが、準備を進める」

「同行者はお決まりですか？」

「サキノとソーサー、あとは騎士が一〇人だ。まずはアルゴン迷宮に出てくる異形《モンスター》のモノの強さを測る。その後、本格的に探索を行う」

「承知しました。人選を進め、ソーサーに準備するように伝えておきます」

「頼む」

迷宮は迷宮魔人とモンスターがいるだけではない。場合によっては迷宮にしか育たない貴重な薬草などもあるのだ。そういったものを自分で回収できるチャンスだ。胸が高鳴るぜ。


大図書館の重要書エリアで、魔導書を読む。本棚の奥に隠すようにしまってあった光属性の伝説級魔導書に、敵意の動きを見るものがあった。

毒探知に通じるかもしれない魔法だ。敵意の有無が分かるというのは、皇族にとって極めて重要なものだ。この魔導書を読まないわけにはいかない。

俺たち人間は、嫌っていたり利害が相反する奴に嫌悪感や敵意を持つものだ。まあ、中には無心や無我といった境地に至る奴もいると聞くが、それは例外中の例外で、大概《たいがい》の奴は少なからず感情を持っている。

感情を表に出すか出さないか、そういった処世術のようなスキルを持っている奴もいるが、それはあくまでも表面に出さないだけで、感情自体は持っている。

「しかも、効果が持続するのか。いいぞ、この魔法」

定期的に魔法をかけなおして、敵意が分かるようにしておけば、かなりの確率で敵味方が見分けられる。

ただし、俺が光属性の伝説級魔法を操ることができなければ、意味のない魔法だ。

魔導書を読み進めていくと、他にもいくつかの魔法が記載されていた。その中には大規模殲《せん》滅《めっ》魔法という、禁止魔法に指定されてもおかしくないようなものまである。

この大規模殲滅魔法は空に浮かぶ太陽の光を利用し、超高熱の攻撃をするもので大都市を一瞬で更地《さらち》に変えることができるとある。読んでいて背筋に冷たいものが走った。伝説級の魔法だけあってあり得ない威力だ。

「こんなものの存在が世の中に広く知られたら、シャレにならない。使える使えないではなく、使おうと試行錯誤するのが、人間という生き物なのだ」

この魔導書は元の場所に戻し、できるだけ人の目に触れさせないようにしておかなければいけないだろう。

その前に、敵意を見ることができる魔法だ。俺は必死にその魔法を覚えようとした。感触は悪くない。だが、簡単に発動できるものでもないようだ。時間がかかっても、ものにしたい。

何か聞こえたので部屋の奥に目を移す。重たそうな本を抱えてくる司書長が見えた。

ドサッ。司書長が机の上に本を置いた。かなり重厚だ。

「殿下、こちらを」

「これは？」

「無詠唱のことが書かれているようです」

「ほう、無詠唱か」

それは魔法使いなら誰でも憧《あこが》れる、最高の技術の一つだ。

本を開き、内容を繙《ひもと》いていく。難解な文章を解読しながらなので、進みは遅い。

「これは腰を据えてかからないと、まったく理解できないぞ」

「殿下でもそうなのですから、この年寄りにはさっぱりにございます」

「そんなことを言って、司書長ならすでに理解しているのではないのか？」

「そんなことはありませんよ」

そう言いながらも口角を上げてにやりと笑う司書長。その思わせぶりな態度が、ちょっとムカつく。

だが、これはいい。無詠唱など、宮廷魔導士長でもできないと聞いている。とはいっても、あの宮廷魔導士長《いさん》は誤魔化し笑いで話をはぐらかすんだよな。本当のところはできると俺は睨《にら》んでいる。もっとも、全ての魔法を無詠唱で行使できるとは限らないが。

「これも時間がかかるな」

光属性の伝説級といい、無詠唱といい、もっと早く出会っていたら、今度の迷宮探索に役に立ったものを。

もっとも、光属性の伝説級魔法、メガバーストレイを閉鎖された迷宮でぶっぱなしたら、俺まで逝《い》ってしまいそうだし、迷宮内でも太陽の光を集めることができるのかも分からない。

時は少し遡《さかのぼ》るが、臨時御前会議の二日後に騎士団長が報告書を持ってきた。

「アストロ。貴様、この報告書を本気で作ったのか？」

俺は騎士団長ネルジン・アストロを、ぎろりと睨んだ。それというのも、迷宮内の構造、出現するモンスターの配置と強さ、罠の有無など多くのものを報告するのがこいつの義務だが、こいつはそのどれもが中途半端な報告書を俺に提出した。

「この報告書は、余だけではなく陛下もお目を通される。それを承知の上でこれか？」

額から大粒の汗を流し、俺の言葉に唸《うな》るばかりだ。

これはマズいな。こんな奴が騎士団長という非常に重要な職に就いていることは、騎士団の弱体化に繋がっていると思われる。

騎士団などに興味はないが、騎士団をテコ入れしないと皇族の身が危険だ。

軍部では実力が優先されるが、騎士団は家柄が優先される傾向にある。それでも、これまではここまで腐っていないと思っていたが、こいつは家柄だけで実力もないのに騎士団長になったようだ。もっとも、顔だけは歴戦の勇士のようだがな。

騎士団も実力主義にしなければ、安心できない。

「下がってよいぞ」

「はい」

騎士団長が大きな体を小さくして、俺の執務室を出ていく。

「サキノ。俺の鎧はできたか？」

「あと四日ほどかかると聞いております」

迷宮では間違いなく戦闘が行われる。そんな場所に平服で行くほど、俺の頭はぶっ飛んでいない。

ちゃんと鎧を着ていくつもりだが、いかんせんまだ九歳なので鎧なんて作っていない。だから迷宮探索の勅令を受けて、急いで鎧を作らせている。皇帝も鎧もない俺に、迷宮へ入れとは言わないからな。

「陛下に面会を申し込んでくれ」

「承知しました」

鎧ができ上ってても調整があるだろうから、さらに数日はかかるだろう。

迷宮探索はそれからになると報告しに行くついでに、騎士団のことをなんとかしないとダメだと献言するつもりだ。

騎士団は皇帝の直属だから、俺になんの権限もない。全ては皇帝次第なんだよな。

「ここまで酷いとは思ってもおりませんでした」

右丞相が首を振って発言した。これは皇帝に騎士団のことを聞かれて、答えたものだ。

「おそらく、騎士団はかなり弱体化していると考えるべきです。家柄を優先させるのもよいですが、陛下を始め、皇族を守るべき騎士団の弱体化は、看過できるものではありません

俺は自分の思いを語った。後は皇帝の判断次第だ。皇帝が騎士団のテコ入れをしないのであれば、俺の家臣だけでも精強な兵になるように鍛えるつもりだ。

もっとも、俺の家臣たちは帝国内でも最精鋭と言えるほどの練度に、すでに達しているんだ

けどな。

「ゼノキアの言は理解した。右丞相、騎士団長の職を停止させよ。当面は各騎士長がそれぞれの指揮を執《と》るように」

「承知いたしました」

騎士団長の更迭《こうてつ》で騎士団員の意識が改善され、騎士としてプライドを持って日々の訓練に励んでくれればいいのだが。


俺の鎧ができ上がってきた。まだ九歳で成長期ということもあるので、体が大きくなってもある程度長く使えるように設計されている鎧だ。

「ブルードラゴンの革鎧に、肩、胸、腕、脛《すね》にブラックドラゴンの鱗《うろこ》を使用して補強しております」

古《いにしえ》のモンスターとして有名なドラゴンは、生物ヒエラルキー最上位に位置する捕食者である。そのドラゴンの革を惜しげもなく使い、さらにはドラゴンの中でも防御力が高いと言われているブラックドラゴンの鱗で補強された革鎧だ。

底の深い海を思い起こさせる濃い青の革鎧を、漆黒の鱗で補強してある。革鎧でこれ以上に防御力が高いものはないだろう。

「肩がやや動かしにくいが、あとは問題ない」

職人が肩甲骨《けんこうこつ》辺りを弄《いじ》る。

「これでいかがでしょうか？」

「うむ、よくなった」

皇族御用達《ごようたし》の鎧職人は、数名いる。今回、俺が鎧の製作を依頼したのは、皇族御用達ではなく、探索者相手に鎧を作っている職人だ。

ダンジョン探索のエキスパートである探索者たちの声を直接聞くことができる職人に、俺の鎧を作ってもらった。だから、俺の鎧は煌《きら》びやかなものではなく、実用性を重視したものになっている。サキノやカルミナ子爵夫人などは、親王なのだから外聞というものがあると言うが、そんなものは俺の命よりも重要ではないから無視した。

「無理を言って悪かった。そなたのおかげで、迷宮探索も捗《はかど》るだろう」

これだけの材料を仕入れるだけでも大変だっただろう上に、短期間で俺の体に合う鎧を作るのだから、かなり無理をさせたと思う。

「ありがたきお言葉にございます。殿下の鎧を作らせていただいたことは、末代までの誉《ほま》れにございます」

「そう言ってくれると、余も助かる。サキノ、約束の代金を」

「はい」

サキノが革袋を職人に渡すと、職人は礼を言って下がっていった。

職人が出ていくと、すぐにカルミナ子爵夫人が入ってきた。

「殿下。皇帝陛下がお呼びにございます」

「陛下が？」

何かあったのだろうか？

カルミナ子爵夫人とエッダに手伝ってもらい、ドラゴンの革鎧を脱ぎ礼服に着替える。金属鎧よりは脱ぎ着しやすいが、それでも時間がかかる。

皇帝も用事があるのであれば、もっと早くに連絡を寄越《よこ》せばいいものを。

皇帝の執務室に入り、いつものように礼を尽くして挨拶をする。

皇帝のそばには左丞相だけがいた。今日は右丞相はいないようだ。

「ゼノキア、よく来た」

皇帝が目配せすると、そろそろ七〇歳になるはずの宦官長のキースが、布を被せたトレイを持ってきた。

この件《くだり》はよくある。婚約者が決まった時もこんな感じだった。さて、今回は何があるのか？

「ゼノキアに帝国騎士団長を任せる」

何？　俺が騎士団長だと……。

前回、騎士団長を更迭するきっかけを報告したのは俺だ。その俺が騎士団長になったら、世間はどう思う？　どう考えても、俺が騎士団長になりたいから、騎士団長を更迭させたと思われるだろう。

ふふふ。俺が世間の噂を気にするとでも？　答えは、するわけない！

「騎士団長を拝命いたします」

「うむ。通常、騎士団の副団長は二名だが、三名を配置することにする」

普通、団長の下に副団長が二名いて、その下に騎士長がいる。副団長は騎士長から選出されるので、団長のすぐ下が騎士長という考えが一般的だ。その副団長の定員を増やすと皇帝は言う。

「人事はそなたが好きなように行うがよい」

「ご配慮、感謝いたします」

皇帝直属の騎士団の人事権は、本来皇帝にある。その人事権を完全に委譲《いじょう》された。

まあ、人事権があろうがなかろうが、皇帝の一言で団長や大臣、そして末端の役人まで好きなようにできる。それはさておき、皇帝は本気で騎士団を改革するつもりのようだ。

「ゼノキアに、騎士団長の宝剣を授ける」

「はっ」

帝城内で武器の携行は、許されていない。だが、騎士団長はその限りではない。騎士団長は帝城内で武器を携行できる、数少ない役職である。

ちなみに、親王も武器の携行が許されている。もっとも、俺は武器を帯びたことはない。親王の宝剣は大人用なので、子供の俺が剣を佩《は》くと似合わないのだ。

「アルゴン迷宮探索の準備は進んでいるのか?」

「はい。予定通りアルゴン迷宮探索を実施します」

「うむ。無事に帰ってくるのだぞ」

「ありがたきお言葉。感謝の述べようもございません」

「そうだ。そのアルゴン迷宮に、騎士団より三名ほど連れていくように」

「騎士団員を、でございますか……？」

その意図はどこにある？

「ゼノキアの戦いぶりを、騎士団員に見せてやってくれ」

ああ、なるほど。俺の力を見せつけろということか。だが足手まといは要《い》らないんだが……。

「承知いたしました。騎士団員より三名を選出し、同行させます」

「それでいい。用件は以上だ、下がってよい」

「はっ」

辞令と宝剣、そして騎士団長の印《しるし》である勲章を受け取り、執務室を後にする。

これで親王の宝剣と騎士団長の宝剣を持つことになったが、これも佩剣《はいけん》とするには大きい。

執務室の外で待っていたサキノと二人の騎士は、俺が宝剣を持って出てきたことに驚いたようだ。

「騎士団長になった」

「そ、それは……おめでとうございます」

サキノは微妙な表情だ。この時期の任命だから、その表情も無理はない。

「「おめでとうございます」」

二人の騎士は単純に喜んでくれている。たしかにめでたいのかもしれないが、明後日にはアルゴン迷宮に入るので、その後でもよかったと思う。

それに騎士団員を三名も連れていかなければならない。そのことをサキノに話すと、すごく嫌そうな顔をした。とんだ足手まといだと、顔に書いてある。その気持ち、俺もよく分かるぞ。


屋敷に帰って、ソーサーなど主要な家臣を呼んだ。

カルミナ子爵夫人、サキノ、ソーサー、ロイド魔法士、アザル魔法士、ケイリー魔法士、ロザリー魔法士、ホルン（元副看守長）、アビス少将（元准将《じゅんしょう》）から祝辞を受けた。

「本来であれば、祝いのパーティーを開催するのだが、今は迷宮探索を控えている。それに、騎士団の副団長を決めねばならぬ」

「はて、副団長の椅子に空きはないと、記憶しておりますが？」

ソーサーの疑問は、他の者たちの疑問でもあった。

「副団長の椅子が三つになった。陛下が配慮してくださったのだ」

そこで俺はソーサーを見た。

「ソーサー。お前を騎士団の副団長に任命する」

「そ、某《それがし》をですか？」

唐突だったからか、ソーサーはバカ面《づら》を晒《さら》した。

「今の騎士団の体《てい》たらくは、お前も知っていよう」

元騎士団員で正騎士（中隊長相当）だったソーサーだ。騎士団のことは気になるだろ？

「知っておりますが、某よりもサキノ殿のほうが適任では？」

副団長は騎士長（大隊長相当）の中から選ばれるのが慣例で、サキノは元騎士長だったのだから、なんの問題もない。だが、この話はサキノと相談して決めたことで、そのサキノが副団長はソーサーがいいと推挙したのだ。

ソーサーの能力は騎士長や副団長の職務を遂行《すいこう》する域に、十分に達しているだろうと俺も思っている。

「いや、サキノにはやってもらうことがある。アーデン騎士団とアーデン軍を統合し、新たなアーデン騎士団を編制することにした。サキノはそのアーデン騎士団の団長をしてもらう」

アーデン家の実戦部隊の全てを、サキノに任せることになる。そして、皇帝を始めとした皇族を守る騎士団は、ソーサーに任せようと思った。もちろん、俺が騎士団長として手綱《たづな》は握るが。

「分かっているとは思うが、騎士たちの矢面《やおもて》に立つのはソーサーだ。それが嫌だと言うのであれば、辞退しても構わん」

「そのように言われては、お断りするわけにはいきません。このソーサー・ベルグ、副団長の大任をお受けいたします」

「うむ、それでいい」

サキノにアルゴン迷宮探索の準備を任せ、俺とソーサーは騎士団の本部がある帝城《ていじょう》内の一角に向かった。

騎士団の本部に到着すると、幹部と思われる者たちがエントランスの前に出て待っていた。

俺が本部を訪れると先触れを出したためだと思うが、ざっと見ただけで一〇人ほどいる。

階級章を見ると『☆☆』『☆☆☆』ばかりなので、騎士長と副団長ばかりだ。

「ゼノキア殿下。お待ちしておりました」

左腕を胸の前に水平に掲《かか》げ、右腕を腰の後ろに回す騎士の儀礼用の礼をするこの男は、副団長の『☆☆☆』階級章をつけている。

それに倣《なら》って、他の幹部たちも俺に礼の姿勢をとる。儀礼用の礼で、頭を下げないのは騎士だけである。その代わり、右腕を後ろに回して敵意のないことを表し、左腕を胸の前に構えることで心の臓を捧げるという意味を持つ。

「そのほうは副団長か」

「はっ。副団長のアーサー・エルングルトと申します」

「ゼノキアだ。陛下より騎士団長を拝命した。以後、頼み置くぞ」

「はっ」

アーサーの案内で本部建屋に入り、騎士団長の執務室に入る。

部屋は広く、隣には騎士団長が休める部屋、従者の当直室、面会人の控え室、キッチン、トイレ、風呂までついていた。至れり尽くせりだな。

執務机《デスク》につき、それを挟んでアーサーたち幹部を見つめる。副団長が二名、騎士長が七名、合計九名だ。

「余が騎士団長になったのは、騎士団を改革するためだ」

いきなりそんなことを言われた幹部たちは面食らっている。だが、前騎士団長の更迭理由を知っていれば、そこまで驚く必要はないだろう。

「知っての通り、ネルジン・アストロは職務怠慢によって更迭された。お前たちがアストロのやり方を是とするのは構わぬが、余も同じだと思うなよ」

「「はっ！」」

全員が背筋を伸ばす。

「それから聞いている者もいると思うが、副団長の席が一つ増えた」

何人かが頷いた。もしかしたら自分が副団長になれると思っているのかもしれないが、世の中そんなに甘くはない。

「ここにいるソーサー・ベルグが、新しい副団長だ」

俺の斜め後ろに陣取っていたソーサーが前に出てくる。

「ソーサー・ベルグと申す」

名乗りだけの簡単な挨拶だ。

この中のほとんどの者は、元騎士団員だったソーサーと顔見知りのはずだ。顔見知りだからといって、友好的とは限らないが。

「ソーサーには三人の副団長の筆頭《ひっとう》として、働いてもらう」

つまり、騎士団のナンバーツーだな。不満か？　不満であれば、ソーサー以上に有能なところを俺に見せろ。

「さて、これより訓練場を視察する。時間がある者はついてこい」

副団長や騎士長の仕事は多いはずだが、あえてそう言った。本当に忙しいので仕事に戻っても文句は言わない。むしろ、そうした奴がいたら、褒めてやっていいと思う。が、九人とも俺についてきた。

訓練場は多くの騎士が、木剣を打ち合っていたりして騒然としている。俺と幹部たちに気づいて敬礼をする者もいる。

「皆を集めますか？」

アーサー副団長が声をかけてくるが、俺はそれを手で制した。

少し見ただけだが、騎士たちに覇気がないように見えた。どいつもこいつも、踊っているんじゃないかという感じで、気迫が足りない。訓練というものは実戦を想定して行わなければ、なんの意味もない。剣を振るにしても、気合いの入った素振りとそうでない素振りでは、一撃の重みが違うのだ。

「木剣を」

そう言うとアーサーは驚きながらも、木剣を持ってきた。

「殿下も訓練されるのですか？」

「訓練か。まあ、訓練だ」

木剣は騎士用なので、長い。左腕に魔力を纏わせ、振る。木剣の先端三分の一がスパッと切れて地面に落ちた。

それを見ていた幹部たちが目を剥いているが、俺は構わずアーサーに声をかける。

「アーサー副団長」

「はっ」

「余のことはこれから団長と呼べ。騎士団員は全員、余のことを殿下と呼ぶことを許さぬ」

「しょ、承知いたしました」

「では、この訓練場にいる騎士たちを集めよ」

「はっ！」

アーサーが「集合」と声を張り上げる。

何度も集合と言うと、騎士たちがぞろぞろと集まってきた。多分、一〇〇人くらいはいるだろう。

「ゼノキア団長。皆が集まりました」

俺がアーサーに集合を命じてから、かなりの時間がたっている。多分、一〇ミニッドは経過しているだろう。

この動きの悪さを見ただけでも、ため息が出る。

「これより、お前たちの実力を調べる。一人ずつ余に打ち込んでこい」

騎士たちがざわつく。

俺のことを知っている者もいるようだが、知らない者のほうが多いだろう。こんなガキが生意気なことを言っていると、明らかに不機嫌そうな顔をする者もいる。

「だ、団長!」

「なんだ、アーサー」

「いくらなんでも……」

「安心しろ。余に怪我をさせても罪には問わぬ。むしろ、手抜きをした奴は、その報《むく》いを受けさせてやる」

「「………」」

幹部たちが青い顔をし、騎士たちはアーサーが俺を団長と呼んだことに怪訝《けげん》な顔をする。

「今日から騎士団の団長になったゼノキアだ。余に勝てたら昇進させてやる。従者は従者長、従者長は騎士になれるぞ」

俺の言葉を聞いた騎士たちは、ざわつく。先ほどのざわめき以上のものだ。それはそうだろう。ガキの俺に勝つだけで、昇進できるんだ。

「だ、団長殿。質問をいいでしょうか?」

平均的な体格をした騎士が、手を挙げた。階級章は『★★★』だから、騎士だ。

ちなみに、階級章は従者が『★』、従者長が『★★』、騎士が『★★★』、正騎士が『☆』、騎士長が『☆☆』、副団長が『☆☆☆』、そして団長は『=※=』だ。

騎士団員のほとんどは従者だ。だから、正式には騎士ではない。騎士団に所属しているので、総称として騎士と呼んでいるだけだ。

「構わんぞ」

「私は騎士ですが、団長殿に勝つことができれば……正騎士になれるのでしょうか？」

「そう言った。誰であろうと余に勝てたら、昇進だ」

その瞬間、「おおおおっ」と騎士たちから歓声があがった。

アーサーたちが騎士たちを収めるのに、また時間がかかってしまった。こいつらは、俺の貴重な時間をなんだと思っているのか？

「さて、一人目は誰だ？　誰かが余に勝った時点で終了だから、早い者勝ちだぞ」

「某が！」

「いや、俺だ！」

「待て、俺だ！」

こいつら、本当にいい加減にしろよ。俺は忙しいんだ。

「あー、分かった。お前ら、三人でかかってこい」

「「「え!?」」」

「ほれ、早くしろ。さもないと、お前たちを失格にするぞ」

「団長殿、本気ですか？」

「御託《ごたく》はいい。かかってこい」

俺は右腕で短くした木剣を構えた。

「後から嘘だとは言わないでくださいよ！」

「大丈夫だ。お前たちは余には勝てない」

ガキの俺に勝てないと言われたのが癇《かん》に障《さわ》ったようで、三人は殺気を放って木剣を構えた。

その殺気を訓練中も出せよな。

しかし、こんな安っぽい挑発に乗るとは思わなかったぜ。こういう奴らは、自分がどれほど無能かを思い知らせてやってから、騎士の矜持《きょうじ》を持っている奴だけ拾い上げてやるのがいいだろう。

やる気を出させるのが上司の仕事だが、騎士団員としての矜持を持っていない者は不要だ。皇帝を守るべき騎士団員は、この国の最精鋭でなければならないのだから。心構えがなってない奴を騎士団に置いておくのは、無駄でしかない。

「「「本当によろしいのですか？」」」

「構わんと言っただろ。さっさとかかってこい」

三人は顔を見合わせて頷く。そして、三人同時に俺に向かって剣を振り上げてきた。

「「「はぁっ！」」」

三人の動きを見るが、どれも精彩を欠いたものだ。これで騎士だというのだから、頭が痛い。

俺は踏み込んで一気に左の騎士との距離を詰めた。

「シッ」

「ぐあっ……」

すれ違いざまに胴に打ち込み、振り返って真ん中の騎士の腰を打つ。

「ぎゃっ」

右側の騎士が止まって振り返ろうとする。だが、この場合はそのまま一気に距離を取ったほうがよかった。

振り向いたその騎士に、ジャンプして肩に木剣を入れる。

「ぐっ」

三人はその場に蹲《うずくま》り、立ち上がってこない。

「次！」

次の挑戦者を要求するが、誰も出てこない。

「お前たち、昇進したくないのか？」

三人が一瞬で無力化された光景を見て、自分では勝てないと思ったようだな。

俺は毎日欠かさず剣の訓練をしている。世間では魔法の天才などと言われているようだが、
俺は剣のほうが自信あるんだぜ。

六章　アルゴン迷宮

「アーデン騎士団より某《それがし》と騎士が五名」

アーデン騎士団の『アーデン』は、俺ことゼノキア・アーデン・フォンステルトのミドルネームが使われている。これは他の親王《しんのう》も同様で、騎士団や軍にミドルネームがつく。

国の騎士団は帝国騎士団と呼ばれている。普通は騎士団とだけ言っているが、親王騎士団と区別する時などは帝国騎士団と称しているのだ。

サキノと騎士五名は順当だ。本当はソーサーも連れていくつもりだったが、帝国騎士団の副団長の座についたため、俺がいない間の帝国騎士団を任せることになってしまった。

「魔法士より水属性が得意なアザル殿、風属性が帝級のロザリー殿」

水属性の回復魔法を使えるアザルは、重要な回復要員で外せない。

ロザリーは俺の下にいる四人の魔法士の中で、最も若い女性魔法士だ。しかし、風属性が帝級まで扱える。

他の二人が得意な属性はどれも王級なので、一段違った破壊力を期待している。

「最後に、帝国騎士団から三名。うち一名は副団長アーサー・エルングルト殿にございます」

アーサーという副団長は、数少ないまともな騎士のように見えた。

騎士長や副団長は、腕っぷしだけではダメだ。騎士たちを指揮する能力、戦術を考える頭脳、そして人望が必要である。

少なくともアーリーは、人望はあると見た。また、歩き方や身のこなしから腕っぷしもそれなりだと思う。

指揮能力を確認し、ついでに腕っぷしのほうも見ておきたいと思って、今回の迷宮探索《ラビリンス》にアーサーを入れた。騎士団の活動を見ていれば、そういうものは分かってくる。だが、副団長の実力は早めに把握したい。本人が迷宮探索など入りたくない、嫌だとぬかしたら強権を発動してでも連れていくつもりだ。

「総勢一一名にて殿下をお守りいたします」

アーデン騎士団は俺の直臣《じきしん》で、俺を守るためにある騎士団だ。アマニア・サキノを騎士団長に、約一五〇名が在籍している。

「余の家臣は心配していないが、帝国騎士団のアーサーを除く二名は使えるのか？」

なんといっても今の帝国騎士団は腐敗している可能性がある。アルゴン迷宮内では何が起きるか分からないので、本当は連れていきたくなかった。そんなところに足手まといを連れていくのは、危険極まりないからだ。

「某とソーサーが面接を行いました。力のある者を選んだつもりにございます」

サキノがそう言うなら、問題ないな。

「初回の探索期間は五日だ。準備を怠《おこた》らないように」

「承知しております」

明日になったら、アルゴン迷宮探索に向かう。この時点で帝国騎士団の三名の人選が終わったので、本当にばたばただ。

「ソーサー。騎士団のことは頼んだぞ。騎士としての矜持《きょうじ》を持たない奴は、容赦なく切り捨てていい」

「承知しました」


騎馬を連ねてアルゴン平原に向かう。真新しいドラゴンの革鎧《かわよろい》を着込み、俺の体に合わせた長さの剣を佩《は》いている。

以前、俺に差し向けられた刺客《しかく》で最も数が多かったのが、このアルゴン平原で遭遇した武力集団だった。奴らは二手に分かれて、俺の護衛を分断してきた。作戦としては下《げ》の下《げ》だ。

俺が帝級魔法を試すために、アルゴン平原に向かったことくらい情報を得ていただろうに、俺に魔法の詠唱の時間を与えるなど、何を考えているのだろうかと思う。

それに比べて、夜中に俺の部屋に侵入して殺そうとした刺客は惜しかった。あと少しで俺を殺せたかもしれないからな。

それとアップルパイに毒を仕込んだのもいい手だった。このアップルパイ事件以降、俺は毒に警戒するようになったが、それ以前はそこまで気にしてなかったからな。

何が言いたいのかというと、俺を狙った暗殺事件でアルゴン平原事件は、最もお粗末だったということだ。

そんな最低の思い出のあるアルゴン平原に入っていく。

さて、今回のアルゴン迷宮探索では、刺客は送られてくるのだろうか？　俺ならこんなチャンスは逃さないけど、敵さんはどう出るのかな？

「サキノ。法務大臣は動いたのか？」

俺は騎乗して隣を並走しているサキノに、小声で問いかけた。

「動いたという報告は受けておりません」

「そうか」

法務大臣が動かずに俺を狙う刺客が現れた場合、俺を狙う奴が法務大臣以外にもいるということがほぼ確定する。どうなるか、法務大臣の動向を注視するとしよう。

しばらくすると、以前俺が帝級魔法を行使した場所に差しかかる。しかし、すでに数年がたっているため、草が生《お》い茂っていて他の場所と変わりないように見える。

ただ違うのは、アルゴン迷宮に続く道が整備されていることだろう。いや、整備ではなく人や荷車などが通ることで草が踏まれて次第にはげていき、剥《む》き出しになった地面が踏み固められたものだ。

その道を進んでいくとすぐにアルゴン迷宮の前に作られた騎士団の野営地が見えてくる。その周辺には建設途中の建物や、突貫工事で作られたと思われる小屋が見える。

「アーサー。現在駐留している騎士団の規模は？」

「はい、一個中隊と二〇個小隊、総勢でおよそ三五〇名になります」

迷宮ができた直後は五個小隊と一個中隊だったから、予定通り小隊の数を増やしたようだ。質が伴わない騎士ばかりだと、いくら数を揃《そろ》えても意味はないがな。

「中隊が出入り口の監視と要救護者の対応に当たり、小隊が探索を行っているのだったな」

「その通りにございます」

二〇個小隊というから、約三百人規模で迷宮探索を行っている。それなのに迷宮内についての情報が少ない。何をしているのやら……。

野営地に到着すると、中隊を預かっている正騎士が駆け寄ってきて敬礼で迎える。

野営地の中を見ると談笑している騎士も見受けられ、緊張感がないのがよく分かる。

「ソーサー」

「はっ」

「このアルゴン平原は、騎士の訓練場所に向いていると思うが、どうだ？」

ソーサーは周囲を見渡し、ニヤリと笑みを漏《も》らす。

「左様にございますな」

「ならば、やることは分かっているな」

「委細《いさい》承知にございます」

別に難しいことを言っているわけではない。何もなくだだっ広いこのアルゴン平原で、思いっきり騎士団員を鍛え直せと言っているだけだ。

「サキノ、アーサー」

「「はっ！」」

「直《ただ》ちに迷宮内に入る。問題ないか？」

「「問題ありません！」」

俺は鷹揚《おうよう》に頷《うなず》き、馬から降りる。

野営地の奥に迷宮の入り口がある。迷宮が迷宮魔人によって作られた証拠ではないが、その入り口は人工的だ。

「門があるとは聞いていたが、本当に門だな」

黒曜石のような黒光りする石でできた門。高さ一〇メル、幅七メル、奥行き五メルほどの立派なものだ。今の俺の身長が約一・四一メルなので、門を見上げると首が痛くなる。

ただ、門しかない。それなのに、門を潜《くぐ》るとダンジョンの中に通じている。迷宮の仕組みを研究している学者もいるらしいが、そういった者たちは別の空間に繋がっているのだろうと考えている。そんなものは、専門家でなくても分かるぞと言いたい。

結局何が言いたいかというと、誰もこの謎を解明した者はいないということだ。

「さて、そろそろ行こうか。ソーサー。あとのことは頼んだぞ」

「はっ！　無事のお帰りを祈っております」

俺は今回の迷宮探索のメンバーを見た。

アーデン騎士団、団長アマニア・サキノ（男・剣）
魔法士アザル・フリック（男・杖）
魔法士ロザリー・エミッツァ（女・杖）
アーデン騎士団、正騎士ボドム・フォッパー（男・盾《たて》・剣）
アーデン騎士団、騎士ウーバー・バーダン（男・大斧《おおおの》）
アーデン騎士団、騎士ソドム・カルミア（男・盾・短槍《たんそう》）
アーデン騎士団、従士長リース・ルーツ（女・斥候《せっこう》・弓）
アーデン騎士団、従士ゲランド・アムガ（男・ポーター）
帝国騎士団、副団長（騎士長）アーサー・エルングルト（男・盾・剣）
帝国騎士団、騎士ミリアム・ドースン（女・槍《やり》）
帝国騎士団、従士サージェ・ウイスコン（男・ポーター）
誰もが気合いの入った顔をしている。

門を潜ると景色が一瞬で変わり、無骨な岩肌の洞窟になる。洞窟なのに、なぜか光があってある程度の視界が確保されている。

「不思議なものだ」

前世でも迷宮はあったので、何度か探索したことはあるが、それでも不思議な現象に変わりはないので素直な感想を述べると、皆も頷く。

岩肌を触ってみるが、普通の岩にしか思えない。

「事前に定めた通り、サキノとソドムをA班、ボドムとウーバーをB班、アーサーとミリアムをC班と呼称する」

盾を持ったタンクと、攻撃主体のアタッカーを組ませている。

「リースは先行し索敵《さくてき》を」

「はっ！」

革鎧を着たリースは、背中に短弓《たんきゅう》をしょっている。兜《かぶと》の類《たぐ》いはつけてないので、茶色の髪を短く切り揃えた女性従士長の顔がしっかり見える。アーデン騎士団の中では、最も斥候としての能力が高い一員だとサキノが褒《ほ》めていた。

「B班は後方を警戒」

「「はっ！」」

アーデン騎士団でも帝国騎士団でも、基本はフルプレートアーマーだ。だが、先ほどのリースのような斥候役だと、革鎧で兜も被《かぶ》らない。革鎧は音が出にくく、兜がないことで音も聞こえやすいため、斥候には違う装備が認められている。

他の騎士たちのフルプレートアーマーの兜にはフェイスガードがついているが、戦闘時以外は上げているのが普通なので顔は見える。

「アザルとロザリーは余のところに」

「「はい」」

「ポーターの二人は余の後方に」

「「はい」」

「A班とC班は余の前に」

「「「はっ！」」」

陣形を整えてダンジョンの奥へ進んでいく。二ミニッドほど歩くと広い空間に出る。ところどころに人やモンスターが隠れられるほどの大きさの岩がある。

その岩の一つの手前側に、先行していたリースの姿があった。

「二体のモンスターがいるようです」

リースがハンドサインを出し、サキノがそれを読み取る。

「二体ともソゴードのようです」

ソゴードはこのアルゴン迷宮の入り口に近い場所に多くいるモンスターだ。黒と赤の斑模様《まだら》が特徴の、体長が四メルほどのトカゲ型のモンスターになる。特に毒を持っているとか、遠距離攻撃をするわけではないので、噛みつきと尻尾で薙《な》ぎ払われることだけを注意すればいい。

岩陰からソゴードを確認すると、前団長の報告書にあった通りの姿だった。入り口付近の情報はさすがに記載されていたが、これで違っていたらあいつを死刑にしていたところだ。

「A班は左、C班は右。かかれ」

俺の号令で二班がそれぞれのソゴードに躍《おど》りかかる。

魔法士は様子見だ。騎士だけでこのソゴードに苦戦するなら、魔法を交えた戦い方を考えようと思う。

サキノとソドムのA班は、サキノが駆け抜け様にソゴードの首を切り落として終わってしまった。うん、弱い。

アーサーとミリアムのC班はやや時間がかかったが、それでも危なげなくソゴードを倒した。

この差はサキノが強すぎるだけで、アーサーとミリアムが弱いわけではない。

俺が見たところ、アーサーとミリアムは一対一でもソゴードに勝てるだけの実力はある。今回はお互いの連係を確認するための時間を必要としたからだろう。

「この先は道が左右に分かれております」

戦いの熱気に中《あ》てられることなく、リースが周辺を確認して戻ってくると跪《ひざまず》いて報告した。

「満遍《まんべん》なく探索するつもりだ。まずは左から行くぞ」

「承知しました」

まだ迷宮に入ったばかりだ。左に向かって行き止まりなら引き返して右へ行けばいい。

本来であれば、入り口付近の地図ができていてもおかしくない。更迭《こうてつ》されたネルジン・アストロが騎士団長になって以降、発見された迷宮は三カ所ある。そのうち、最初に発見された迷宮に関しては、ある程度の地図が作成されたが、二カ所目とこのアルゴン迷宮の地図は作成されていない。

二カ所目の迷宮は内部の形状が目まぐるしく変わるため、地図を作成してもすぐに使い物にならなかったという事情があるので仕方がないが、アルゴン迷宮はそのようなことはない。それなのに、地図が作成されていないのは、団長として部下を指導しなかったアストロの怠慢《たいまん》だ。アストロの怠慢と言うなら、副団長や騎士長たちの怠慢でもあるだろうが、全員を更迭しては騎士団が機能不全に陥《おちい》るので、皇帝はそこら辺を考慮して奴一人を更迭したのだろう。

だが、俺のやり方を説明し、それを聞いた騎士たちの行動如何《いかん》では大量罷免《ひめん》もあり得る。騎士としての矜持を持たない者は、騎士団に不要だ。

騎士たちと魔法士の戦闘を確認しながら地図を作っていく。地図を作るのはアーデン騎士団従士のゲランドだ。彼は元々探索者をしていて、母の生家であるウルティアム伯爵家に仕《つか》えた。その後、俺が親王になった際に、アーデン騎士団の一員になった人物だ。彼の剣の腕は人並みだが、地図の作成技能を見込んで連れてきた。

地図作成というと、地味な印象を持つかもしれない。だが、非常に重要なものだ。

地上の地図なら戦略的機密事項に指定されるほどであり、一般人が手に入れることはできない。迷宮でも騎士団や探索者の安全を確保するために重要なものだから、それの作成をおざなりにしたアストロは、本当は更迭するだけでなく牢に放り込んでやりたいくらいだ。

探索はかなり進んだ。時間で言うと三時《さんとき》ほどだ。そこで行き止まりのちょっと開けたエリアに出た。

これまでに騎士団の小隊に何度か遭遇したが、疲弊《ひへい》していた小隊が多かった。そういった小隊には迷わず地上に戻って、休むように命じた。

「アーサー。各小隊が迷宮探索する期間はどのくらいなのだ？」

このエリアで休憩することにしたので、気になったことをアーサーに聞いた。

「はっ、……それが、決まってはおりません」

「決まってないだと？」

「五年ほど前は最大で五日と決まっておりましたが、前団長がそれを撤廃されて、できるだけ長く探索しろと命じまして」

アーサーが言いにくそうに話した。

「なるほど。アストロは、部下の命はいくらでも替えが利《き》くとでも思っていたようだな」

俺がそう言うと、アーサーたち帝国騎士団の三人は、苦笑いで肯定の意を示した。

「なぜアストロのような者が団長になったのか、余には理解できぬ。それほど家柄が重要か？」

アーサーも伯爵家の出身だったはずだから、答えにくいか？

「恥ずかしながら騎士団には派閥《はばつ》がありまして、幹部の席は派閥の息がかかった者たちによって占められております」

「アーサーもそうなのか？」

「某の生家も騎士団の派閥を形成する家の一つにございますので……」

「何も責めているわけではない」

その言葉を聞いたアーサーは、一瞬だけ安心したような表情をした。

「騎士の心構えもない者が幹部になるのは許されることではない。要は、騎士としての自覚を持っていれば、そこまで組織が腐敗することにはならなかったのだ」

派閥が悪いとは言わぬが、派閥の力によって騎士でもない者が幹部になるのは看過できぬ。今の騎士団幹部が騎士の矜持も持たぬクズであれば、容赦なく切り捨てるつもりだ。


休憩を終えようという頃になって、あることに気づいた。

「このエリアはモンスターが出てこないな。もしかしたらセーフティエリアか？」

「このエリアの外側に現れたモンスターが、ここには入ってこようとはしませんでしたので、セーフティエリアの可能性はあります」

サキノが俺の疑問に回答をしてくれた。

セーフティエリアとは、モンスターが出現しない、もしくは侵入してこない場所のことを言う。なぜか知らないが、迷宮にはこういったセーフティエリアがいくつかあって、騎士や探索者が休憩する場所になっているのだ。

「ゲランド。この場所がセーフティエリアの可能性があると、記録しておいてくれ」

「承知しました」

赤毛を短く刈り揃えたゲランドが、それまで記録していた地図上に書き込みを行うのを待って、再び探索を開始した。


迷宮探索を開始してから、三日が経過した。

現れるモンスターは強くなり、入り口付近にいたモンスターのように瞬殺できなくなっているが、それでも余裕を持って倒せている。

ウーバーの大斧がモンスターの胴体を大きく抉《えぐ》り、痛みに顔を上げたモンスターの首にボドムが剣を刺した。

その横では魔法士ロザリーの風魔法によって切り刻まれた瀕死《ひんし》のモンスターに、俺が剣でとどめを刺す。この剣はミスリル製で、俺が使いやすいように短めのものを作らせた。革鎧と違って今回の迷宮探索に合わせて誂《あつら》えたものではなく、以前から持っていたものだ。

なぜミスリルかというと、ミスリルは魔法発動体として優秀な金属という理由からだ。

魔法士のアザルやロザリーもミスリル製の杖を持っている。魔法使いにとってミスリルは身近な金属で、俺はそれを剣にしているだけなのだ。

「ゼノキア様。お見事にございます」

サキノが褒めてきた。だが、あそこまで弱っていたモンスターだ。倒したからといって、威張れるようなものではない。

「ロザリーの魔法で瀕死だったんだ。とどめを刺すくらい、誰にでもできるぞ」

「騎士や兵士なら誰にでもできましょう。しかし、ゼノキア様はまだ九歳にございます。普通はモンスターの姿を見て足がすくんで動けないものです」

「なるほど。そういう考え方もあるか」

言われてみれば、そうかもしれない。だからといって調子には乗らないように、自分を律しておかないと痛い目を見るのは俺だからな。

「この辺りで探索している小隊はいないようだな」

相変わらずの洞窟内だが、ゲランドが地図を作ってくれたので、どの辺りにいるか分かる。

その地図によれば、入り口から大体二日もしない辺りに俺たちはいる。あっちこっちの道を探索して空白を埋めていきながらなので、三日が経過してもこんなものだ。

「場合によっては、全滅しかけている小隊もいるかもしれませんし、道に迷っている小隊もいるかもしれません」

サキノはそう言うが、地図を作らないから道に迷うのだ。

団長がアホでも小隊を指揮する騎士が、地図を作るように指示すれば道に迷ったりはしない。それは部下の命を預かる隊長としての資質に欠けるというものである。

「リースが何かを見つけたようです」

細い通路から広い場所に出る辺りで、リースがハンドサインを送ってきている。

それによれば、かなりの数のモンスターがいるようだ。

「見てきます。団長はこちらでお待ちください」

アーサーが確認のためにリースのところに向かった。

この時、俺は違和感を覚えて、後ろを振り向いた。違和感といってもそれの正体が何か分からず、ただ嫌な感じがしたというだけなのだが……。

後方にはB班のボドムとウーバーがいて、警戒している。

だが次の瞬間、ウーバーが危険のサインを送ってきた。

その直後、一人の騎士がウーバーたちの前に現れ、その後ろから大量のモンスターの姿が見えた。その騎士はB班の制止を素早い動きで避け、こちらに走ってくる。

「サキノ！　A班は後方に展開！　あの騎士を捕縛し、B班を援護しろ！」

「はっ！」

俺の指示でA班のサキノとソドムが、駆け出した。あの騎士が誰かは知らないが、モンスターの群れを連れてくるとはふざけてやがる！

「ミリアムはアーサーと合流し、前方の敵を防げ！　アザルとロザリーは後方のサキノたちを支援！　ポーターの二人は俺から離れるな！」

俺は口早に指示を与える。

サキノが騎士に止まれと命じるが、騎士はその言葉に耳を傾けない。いったいなんだというのだ？

業《ごう》を煮やしたサキノがその騎士を捕縛しようとした。しかし、騎士はジャンプしてそれを躱《かわ》す。サキノの剣を躱すとは、あの騎士……騎士かと思ったが、騎士はあんな動きをしない。

――――刺客か!?　俺の勘が瞬時にそう判断した。

サキノの纏《まと》う雰囲気が変わり、触れただけで切れるのではと思うような、鋭いものになった。

刺客が俺に迫ってくる。それをサキノが悪魔のような形相《ぎょうそう》で詰め寄り、背後から切り伏せる。

刺客は声も出さずに倒れるが、その際、俺に暗器《あんき》を放つ。

俺はその暗器を、魔力を放出して弾《はじ》く。

兜のフェイスガードを下げているため、人相は定かではないが、刺客がぎょっと目を剝《む》いたのが見えた。

そこでサキノが剣を突き立て、刺客は息絶える。

「申し訳ございません。お怪我はありませんか⁉」

「余が怪我などするわけないだろ。それよりも、後方のモンスターを抑え込んでおけ。余は前方のモンスターをぶちのめしてくる」

「はっ！」

後方ではすでに戦いが始まっている。通路の狭さが味方して、モンスターが多くてもそれほど心配することはない。問題は前方だ。アーサーとミリアムだけでは抑えきれないだろう。

――俺は走りながら剣を抜き、詠唱を始めた。

「偉大なる風の大神よ、我は魔を追い求める者なり、我は風を求める者なり、我は風を操る者なり、我が魔を捧《ささ》げ奉《たてまつ》る。我が求めるは偉大なる風の大神の暴風なり。我が前に顕現《けんげん》せよ」

広い場所の入り口に立った俺は、そこに広がるあり得ない光景を見た。

まるで蟻塚《ありづか》から湧く蟻のようにモンスターが犇《ひし》めき合っているではないか。それも、壁や天井にまでびっしりといる。気持ち悪い。しかし、俺は口角が上がるのを感じた。

――これならいける！

すでに詠唱を終えている俺は、手を振って皆を下がらせると、剣を掲《かか》げて魔法を発動させた。

「――喰らえ！　ディストラクションストーム」

広場内に竜巻が発生し、それが規模を大きくして暴風へと発達していく。

モンスターは暴風によって塵芥《ちりあくた》のごとく舞い上げられた。

ディストラクションストームの中でずたずたに切り刻まれていくモンスターは、悲鳴を発していると思うが、暴風が発する轟音にかき消されている。

「皆、地面に伏せろ！」

ディストラクションストームが広場を蹂躙《じゅうりん》し、その猛威は通路へも及んだ。俺たちは地面に身を屈《かが》めてその猛威に耐える。

いつも思うが、帝級魔法は威力がありすぎる。今回は魔法の中心を遠くに設定して調整したつもりだったが、それでも自分に多少のとばっちりが及ぶ。

こういう空間では特に威力の調整が難しいと、身をもって感じた。

アーサーが前に出て俺を庇《かば》い、その金属の鎧にペチッペチッとモンスターの肉片が当たる。

「団長。お下がりください」

大声でそう叫んできた。

ドラゴンの革鎧の上から魔力の鎧を纏っているから大丈夫なんだが、アーサーにはそれが見えないので、俺の身を案じてくれたのだろう。部下の厚意は無下《むげ》に扱ってはいけないと思い、下がる。

しばらくしてディストラクションストームが収まった。

広場で犇めき合っていたモンスターは、皆切り刻まれたと思う。

「リースは広間のモンスターの確認。C班はリースのバックアップ。ポーターはここに待機し、何かあればアーサーの命《めい》に従え。俺はA班とB班の援護に向かう」

皆が了承し、俺は後方の支援のために走り出す。

騎士が五人並んだら隙間《すきま》がなくなるような狭い通路には、多くのモンスターの死体が転がっている。

そんな通路を塞《ふさ》ぐほどの巨体のモンスターが、死体を踏み潰《つぶ》しながら突っ込んできた。鼻先に角がある四足歩行のホーンライノーというモンスターだ。

ソドムとボドムが盾でこれを止めようとする。普通の騎士なら間違いなく吹き飛ばされるはずだが、二人はホーンライノーの突進を食い止めた。

だが、モンスターはそれだけではない。地面はホーンライノーの巨体が邪魔で後続が通れないが、壁を伝ってクモのモンスターであるラインスパイダーがやってくる。

ラインスパイダーはウーバーの大斧とサキノの剣で屠《ほふ》られていく。

さらに、蝙蝠《こうもり》のモンスターであるキラーバッドが空を飛んでくるが、これはアザルとロザーリーが魔法で叩き落とす。

しっかりと連係をとって安定してモンスターを防いでいるが、モンスターの数はまったく底が見えない。

「これより帝級魔法の詠唱に入る。アザルはタイミングを計れ」

「承知しました！」

先ほどの広場と違って、ここは狭い通路だ。威力が高い帝級魔法の使用はかなり制限がかかる。

だが、こういう狭い場所に丁度いい魔法を俺は行使できる。

「偉大なる雷の大神よ、我は魔を追い求める者なり、我は雷を求める者なり、我は雷を操る者なり、我が魔を捧げ奉る。我が求めるは偉大なる雷の大神の稲妻なり。我が前に顕現せよ」

俺の詠唱が終わる直前に、アザルがサキノたちに「地面に伏せて避けろ」と叫ぶ。

ホーンライノーを押さえていたソドムが、短槍でホーンライノーの目を突く。すると、ホーンライノーが一歩、二歩と後ずさる。この隙を見逃さずサキノたちが地面に伏せた。

「ライトニングバースト」

バリッバリッバリッバリッバリッ！

いくつもの稲妻が迸《ほとばし》り、通路の地面にへばりつくように避けたサキノたちの上を一瞬で通り過ぎる。

その先にいるホーンライノーやキラーバッド、ラインスパイダーなどのモンスターたちに、容赦なく襲いかかっていく。

ライトニングバーストは貫通性が高く、こういった狭い場所では重宝する魔法だ。

しかも、一定の方向にしか害を及ぼさないので先ほどのディストラクションストームのように、自分たちがなんらかのとばっちりを食うことはない。肉片も飛んでこない。

ライトニングバーストがモンスターの群れを貫《つらぬ》き、動くモンスターはいなくなった。

「B班はモンスターの生き残りを掃討。A班はそのバックアップだ」

アザルとロザリーの魔法士コンビは休憩。魔法使いは魔法を使うと魔力を消費する。騎士も体力を消耗するが、魔力がなくなった魔法使いは役に立たないので、魔力の回復をさせる。

「帝級魔法を二発も放ったのです。ゼノキア様もマナポーションをお飲みください」

マナポーションは魔力を回復させる魔法薬だ。二人はマナポーションを飲んで、俺にも勧《すす》めてくる。

だが、マナポーションというのは、めちゃくちゃ不味《まず》いのだ。飲んだらしばらく味覚が麻痺《まひ》するくらいなほどである。

「この俺が帝級魔法二発で魔力切れになるわけないだろ」

決して不味いから飲むのを拒否したのではないぞ。胡乱《うろん》な目で俺を見るな！　本当に不要なんだよ。

帝級魔法を二発撃つより、エリーナ・エッガーシェルトにかかっていた石化の呪いを解呪するほうが、よっぽど魔力を持っていかれた。

多分、初めての解呪だから魔力を無駄に消費したんだと思う。呪いを解呪するというのは、精神をすり減らすし魔力も消費する。おそらくだが、俺の魔法の才能は解呪を得意としていないのだろう。それでも、膨大《ぼうだい》な魔力をこれでもかというくらい消費して、解呪を可能にしているんじゃないだろうか。

　モンスターが生き残っていないか、確認が終わって皆が集まってきた。

「ゼノキア様。こんなものが落ちておりました」

　サキノが差し出してきたのは、匂い袋だ。匂い袋というのは女性や男性でも貴族たちが持つもので、香り豊かな植物などを入れておくと、持ち主に匂いが移るというものだ。

　俺はそれを受け取り、中を確認する。

「………」

　これはただの匂い袋ではないな。まず、香りが独特でとてもいい匂いとは言えない。中に入っているものを手に取ってみる。

「これは……」

　よく見ると分かるが、これはマサジナミスという植物を乾燥させたものだ。

「サキノ。これが落ちていたのだな？」

「はい」

「これはマサジナミスだ」

　サキノたちは知らないといった表情をした。

「簡単に言うと、モンスター寄せに使われる植物を乾燥させたものだ」

「「なっ!?」」

皆が驚いている。この中に、この匂い袋を落とした奴はいないようだ。

「あの騎士が故意にモンスター寄せを使ったと見るべきだろうな」

おそらく刺客と思われる死体を見た。身につけているのは騎士団員のそれだ。

「しかし、それでは我らに殺されなくとも、あの者は生きては帰れないのでは？」

サキノの疑問はもっともだ。俺なら自殺行為のこんな作戦はとらない。

もっとも、正攻法（？）の暗殺では、俺を殺せないと判断してのものかもしれないが。

「死を覚悟しての行動だろう」

サキノだって俺のためなら死んでくれるだろ？　こいつも主君のためなら死ぬ覚悟を持っていたかもしれないし、もしかしたら金のためかもしれない。理由はともあれ、命を懸《か》けるに値《あたい》するものがあれば、やってしまうのが人間というものだ。

「全ての騎士団員の顔を覚えているわけではないですが、見たことのない顔です」

アーサーが死体の兜を取って顔を見た後にそう告げた。ミリアムに確認するが、彼女も顔を横に振っているので、知らない顔らしい。

目の下にクマがあって不健康そうな男の顔は、俺も見た覚えがない。ここにいる者に面が割れているような奴を使うわけないか。

「ん。こいつは……」

意味深《いみしん》な言葉を発したのは、地図作成のために連れてきたゲランドだ。

「ゲランド。見覚えがあるのか？」

「どこで見たか思い出していますので、ちょっと待ってください……。そうだ！　こいつは、裏ギルドの暗殺者です」

　裏ギルドだと!?

「以前、探索者をしていた頃に裏ギルド摘発の手助けをしたんですが、その時に逃げた幹部の人相書きがこんな風体《ふうてい》の男でした」

　ゲランドが思い出してくれたおかげで、俺を殺そうとしている奴の足掛かりができた。

「裏ギルドに関しては、他言無用だ。皆、いいな？」

　情報が外に洩《も》れないように、全員に箝口令《かんこうれい》を敷いた。

　裏ギルドか暗殺ギルドか知らないが、俺を殺そうとしたことを後悔させてやるからな。


　五日に渡る迷宮探索を終えて地上に戻った。今回は刺客をおびき寄せる意味もあったが、本当に刺客が送られてきたのにはさすがに驚いた。

　だが、その甲斐あって少しだが、敵の尻尾が摑めたかもしれない。とはいえ、裏ギルドの幹部が命を懸けて特攻するとは思ってもみなかった。

　地上に戻った俺は、すぐにソーサーから騎士団の状況について報告を受ける。

「まず、規律がかなり緩《ゆる》んでおります。某がいた頃もその傾向は見られ始めていましたが、数年でここまで堕落ぶりが進んでいるとは思ってもみませんでした」

　ソーサーは首を左右に振って、嘆息する。

「騎士団員の中には、自分が騎士団員であるという自覚を持っていない者もおります」

報告書をめくるソーサーの手が、怒りに震えている。一度は離れた騎士団だが、今の騎士団のていたらくに憤慨《ふんがい》しているのだろう。

「練度も低く、殊《こと》に酷《ひど》い者は訓練すらしておりません」

目を覆《おお》いたいくらいの惨状だ。騎士団員が守るべき規律、持つべき矜持、行うべき訓練、それらの全てが蔑《ないがし》ろにされている。

「立て直しにどれほどの時間がかかると思うか？」

「想像もつきません。しかし、嘆《なげ》いているだけでは状況は変わりませんので、添付《てんぷ》した訓練計画書を承認いただければと思います」

報告書と同時に提出されている訓練計画書を開ける。それを読んでいき、俺は口角が上がっていくのを感じた。

「この訓練計画書を承認する。今すぐに実行するように」

「はっ！　直ちに実行いたします」

俺とソーサーから「ふふふ」と笑みが漏れる。それを見ていたアーサーは、顔を引きつらせていた。

ここは騎士団本部内にある俺の執務室だが、ソーサーとアーサーがいるだけだ。

騎士団の副団長はもう一人いるが、そいつは俺が迷宮から出てきてすぐに、病気を理由に休職届を出した。

他にも騎士長が六人ほど休職届を出している。自分たちの協力がないと、騎士団は成り立たないんだぞという、俺に対する嫌がらせなんだと思う。稚拙《ちせつ》な行動に出たものだ。

「今が正念場だと思え。騎士団員の綱紀粛正《こうきしゆくせい》を行う。今回、休みを取った幹部は、全員の職務を停止し、代理を立てる」

「しかし、代理を立てるにしても、正騎士の多くも派閥の息がかかっていますが？」

「アーサー。お前は余に従うのだろ？」

「もちろんにございます」

「であれば、お前が懇意《こんい》にしている他の派閥の領袖《りようしゆう》で、俺に協力してもいいと言う奴を連れてこい。今が他の派閥を追い落とすチャンスだぞ」

「っ!?」

俺はにやりとアーサーに笑いかける。

派閥は一つや二つではない。それこそ小さなものを入れれば両手の指では足りないくらいにある。その中のいくつかの派閥を騎士団から追い出したところで、派閥は残る。

派閥がいい悪いではなく、あるのであればそれを上手《うま》く使うのが、俺の手腕というものだ。その手腕の中には取捨選択も含まれる。

「ただし、実力のない奴、騎士の矜持を持たぬ奴は容赦なく切り捨てる。それをよくよく考えて余につくか、敵対するかを決めろと言ってやれ」

「承知しました」

迷宮探索の報告をするため、皇帝の執務室を訪れた。いつものように礼を尽くして挨拶《あいさつ》をすると、これまた例によって楽にするようにと言われる。

「迷宮はどうであったか？」

「モンスターが群れで固まっている場所もあり、小隊規模では攻略が難しい局面もありました。また、騎士の被害が多い原因は、概《おおむ》ね理解したつもりです」

「ほう。理解したのか」

「提出しました報告書にも記載しましたが、まずは騎士の質の低下が著《いちじる》しいと心得ます」

皇帝は報告書に目を通しながら俺の説明を聞く。

暗殺のことは報告書に書いてない。裏ギルドについては、秘密裏にことを進めたい。だから、情報を持つ人物の数は少ないほどいい。

「地図を作成していない？　なぜそのようなことが放置されていたのだ？」

「前騎士団長が不要だと指示したそうです」

「アストロは迷宮を舐《な》めているのか？」

「アストロは一度も迷宮に入ったことがないとのことです。迷宮の恐ろしさを知らないのでしょう」

迷宮に入ったことがないどころか、実戦の経験もない。それでよく騎士団長になれたと思うが、それが騎士団内の派閥の力というものだ。しかも、騎士長たちの中にも迷宮探索や実戦の経験がない者が多くいる。

以前からこういった傾向はあったらしいが、今ほど酷くはなかったらしい。

「立て直せるか？」

皇帝が鋭い視線を向けてきた。できなければ、俺を騎士団長の座から降ろすという目だ。

そういった厳しい決断ができるから、長く皇帝として君臨できているのだと思う。

「騎士団は国の根幹に係わる重要な組織にございます。やらねばならないと、痛感しております」

「うむ、ならばよし。ゼノキアの好きなようにするがよい」

「はっ、ありがとう存じます」

皇帝の執務室を辞して、騎士団の本部に向かう。その途中で訓練場を覗《のぞ》くと、騎士たちがフル装備で背中に袋をしょって、訓練場内を走っていた。

俺が承認したソーサーの訓練が始まっているのだ。あの背中の袋には砂が入っていて三〇キグムの重量がある。この訓練は休みなしで朝から晩まで、とにかく走り続けるもので精神を追い込むことが目的だ。

走っている騎士たちの中に、アーサーの姿もある。正騎士であろうと騎士長であろうと関係なく、この訓練を受けてもらう。アーサーがいるのは、副団長でも例外ではないと知らしめるための意思表示である。

アーデン騎士団の新人は、この訓練を最低でも一カ月は行う。そこで基礎体力をつけてもらうのだ。

アーデン式訓練は始まったばかりだ。重しを背負って走るのは序の口で、今後もっと厳しい訓練が待っている。全ての訓練に耐えた者だけが、騎士団員として残ることができる。

俺が見るところ、アーサーはまともな騎士だ。昔ながらの厳しい訓練を受け、這《は》い上がってきた者だ。だから、アーデン式訓練を耐え抜くと信じている。


自分の執務室に入ると、サキノが待っていた。俺がソファに座ると、サキノにもその向かいのソファに座るよう促《うなが》す。

「以前、探索者ギルドと合同で行われました、裏ギルド『闇夜の月』壊滅作戦についての報告書を手に入れました」

紙の束を受け取り目を通す。従士ゲランドが言っていたが、一〇年前に行われた作戦は失敗に終わっている。幹部が全員無事逃げおおせたからだ。

報告書では情報漏洩《ろうえい》の可能性を示唆《しさ》しているが、その証拠はないともある。だが、幹部を全員取り逃がしたことを考えれば、情報が洩れていたのは間違いないだろう。

闇夜の月の幹部たちの人相書きもついており、その一人が迷宮内で俺を狙った刺客によく似ている。この幹部の名前は分かっておらず、コードネームがシークマンというらしい。

「このシークマンは、今でも闇夜の月に所属していたのだな？」

「まだ調査中ではありますが、裏ギルドを抜けることは簡単ではないと思われますので、その可能性が高いと存じます」

表の稼業と違って、裏稼業は足抜けなんて許されないか。

「分かった。調査を継続してくれ。だが、くれぐれも敵に悟られないように、慎重に頼むぞ」

「承知しております」

「それと、次の迷宮探索では、迷宮魔人の討伐を行う。準備を頼むぞ」

「はっ」

サキノに指示を出して、騎士団長の仕事を始める。

最近、魔法や薬の研究ができていない。俺の指示や命令がなくても、騎士団が機能するようになれば、俺も研究に戻れるのだがな。


「ほう、五人もいたのか」

「はい。四人は選から漏れ、臍《ほぞ》を噬《か》む思いをしたことでしょう」

母が後宮《こうきゅう》に上がる時、他に四人の候補がいたとサキノから報告を受けた。

「で、怪《あや》しい奴はいたのか？」

後宮は結界で守られているため、エッガーシェルト家のエリーナのように呪われることはない。だから刺客を送り込んでくるのだ。

これまでに法務大臣のアムレッツァ・ドルフォンが、俺に刺客を送り込んできたことが分かっている。だが、他にも俺を殺そうとした奴がいると思っている。今回の迷宮内のことを合わせれば六回、片手の指では収まらなくなってきた。

「モルン伯爵家のミネルバ殿、今はケルン子爵夫人となっておりますが、かなり怪しいと思われます」

「モルン伯爵というと……。財務省の参事官か？」

「はい。財務参事官のモルン殿で間違いございません。また、ケルン子爵は財務省の官吏《かんり》長です」

財務省のナンバースリーと、中間管理職か。皇帝の妃《きさき》になる話があったのに、子爵の妻に収まるしかなかった。本人にとっては屈辱だったかもしれないな。

「かなり怪しいというのは、何かあるのか？」

「周囲にお母君アーマル正妃様を呪ってやると漏らしていたらしいのです」

恨みがあるから呪ってやると言葉に出すのは、よくある話だ。だが、それを実行するのは、容易ではない。言うのと実行するのとでは、天と地ほどの差があるのだから。

「他に怪しいのは、バーラス侯爵家のガルミア殿です」

「バーラス侯爵は資産省の政務官だな。御前会議などで顔を見たことがある」

「はい。資産省のナンバーツーにございます。娘のガルミア殿は妃になれなかった翌年にシェバルタ伯爵家の嫡子《ちゃくし》に嫁《とつ》ぎましたが、結婚して半年ほどで嫡子が他界いたしましたので、実家であるバーラス侯爵家に戻っております」

夫が早逝《そうせい》したことで出戻りになったか。それで俺を生んだ母を逆恨みしてもおかしくはないが……。

「ガルミア殿はかなり気性《きしょう》の激しい人物のようで、随分《ずいぶん》とアーマル正妃様を憎んでいたと聞きます」

これまた珍しい話ではないが、共に可能性はあるか。

「他の二人はどうなのだ？」

「表面上は目立った言動は確認されていません。もしかしたら、妃候補に名前が挙がっていたことを知らない可能性もあります」

妃候補に名前が挙がっても、妃になれるわけではない。当主だけが知っている可能性だってあるわけだ。

「分かった。ミネルバとガルミアの身辺調査は継続してくれ。他の二人に関しては調査を打ち切って構わん」

「承知しました。続きまして、法務大臣の件ですが」

「聞こう」

「ドルフォン大臣は今回の件に関わってないと考えてよいと思われます」

「動いてはなかったのだな？」

「監視させている者から、それらしい動きはなかったと報告がありました」

「法務大臣はここ最近鳴りを潜《ひそ》めているが、監視していることに気づかれてはいないな？」

「そこは信用してくださって構いません」

「分かった。引き続き監視を怠《おこた》らないように」

「はい」

怪しい奴が三人。一人は間違いなく黒。だが、その黒が今では俺にすり寄ってきている。すり寄ってきてからは動きがない。

今回の迷宮内での刺客騒動で最も怪しいのはミネルバだが、それも証拠はない。そもそもミネルバが裏ギルド・闇夜の月と繋がっているかも分かっていない。

もっとバンバン刺客を送ってきてくれれば、動きを掴みやすいのだけどな。これはやっぱり俺自身が餌《えさ》になるしかないか。

「サキノ。次の迷宮探索のスケジュールを、不自然にならないように洩らせ」

「また刺客を送ってくると、お思いですか？」

「そうなればいいと思っている」

「ご自分を囮《おとり》にするのは、感心しません」

「だが、敵の動きを探るために、動いてもらわねばならぬだろ。そのための餌がいるなら、いくらでも餌になってやろう」

「………」

サキノの表情に、不満がありありと見えた。

「それに、お前は余を守ってくれるのだろう？」

「命に代えましても」

「余はサキノを信じている。余の命をサキノに預けるから、好きなように使え。そして、刺客を送ってきた奴を突き止めろ」

「ゼノキア様はずるうございます。そんなことを言われては、何も言えないではありませんか」

俺は微笑みでサキノに答えた。


久しぶりに魔法の訓練をするため、騎士団の訓練場に入った。訓練場ではソーサーが騎士たちを厳しくしごいている最中で、俺の姿を見た彼が駆け寄ってきて、敬礼した。

「ゼノキア様にご挨拶申し上げます」

「楽にしろ」

「はっ」

「騎士たちはどうだ？」

「二割ほど辞《や》めていきました」

「二割か。意外と少なかったな」

俺は半分くらいは辞めると思っていた。二割で済んだのであれば、予想よりもはるかにいい。

そもそも騎士団の訓練が生温《なまぬる》いわけがないのだ。本来の姿に戻っただけなので騎士たちが不満に思うのはおかしな話だ。厳しい訓練が嫌で辞めるような奴は、戦場でも使い物にならないから、今のうちに淘汰《とうた》されればいい。

とはいっても、アーデン式訓練は、緩む以前の騎士団の訓練よりも厳しい。それを考えれば、二割減で済んだのだから、騎士たちを見くびっていたことを詫《わ》びないといけないな。

「第二ステージに移行した者は、どれだけいるんだ？」

「はい。第二ステージに移行した者は、およそ五〇〇名にございます」

第一ステージは、例の重しを背負ってとにかく走らせるものだ。フル装備の上に重しを背負っているので、かなりの重量を身につけていることになる。そんな状態で朝から晩までとにかく走り続ける。

そんな訓練をしているので、体は疲れ果てているはずだ。だから、夜はぐっすりと眠りたいだろうが、夜はランダムで敵襲（訓練）がある。この時に規定の時間内に集合できない者は、それ以降寝ることが許されない。身も心も追い込まれるのが、第一ステージだ。

第二ステージでは、剣や槍などの武器を持って訓練ができる。だが、剣と槍は連続二〇〇〇回の素振り、弓なら連続五〇〇回矢を射る訓練が待っている。

一〇〇〇回の素振りでも大変だが、その倍の二〇〇〇回を振るのはかなり難しい。もちろん、気合いの入っていない素振りはカウントしないし、弓の場合は四五〇発が的《まと》に命中しないとダメだ。

「第三ステージに進んだ者は、まだいないな？」

「はい。残念ながら。しかし、かなり惜しい者であれば数名おります」

「第三ステージに移行する者は、余が言葉をかけることにする」

「ありがとうございます。皆の励みになるでしょう！」

第三ステージは実戦を想定した訓練になる。この第三ステージをクリアした者だけを騎士に認定することにした。

つまり、今まで騎士とか正騎士とか言われていた者は、その地位が留保されていて、第三ステージをクリアしないと従者長扱いである。

逆に今まで従者や従者長だった者は、この第三ステージをクリアすれば、騎士になれる権利を得るのだ。

これからの騎士団は功績だけでは昇進できない。一定の体力、戦闘力、そして戦術眼を修めていないと上に行けないのだ。

昨日、昇進方法に関する改革を発令した。皇帝の承認を受けているため、俺が騎士団長を辞しても次の騎士団長がこの制度を簡単に変更できないようにしてやった。

この制度が悪ければ、俺がいる間に改善するだろう。しかし、そうならなかったら、皇帝が承認しないかぎり、この制度は続くことになる。

さて、第三ステージをクリアした者だけが、第四ステージにチャレンジする権利を得る。

第四ステージはチャレンジしなくても構わない。ただし、第四ステージをクリアしなくても正騎士になれるが、騎士長にはなれない決まりにしてある。

ちなみに、基本的な教育はまた別の話である。文字の読み書きができない者は、第三ステージをクリアしても騎士にはなれない。

騎士や正騎士、そして騎士長になるには、それなりの教養を身につけていなければならないのだ。そうでなければ、戦術を理解することができない。

圧倒的な武を持った者が、先頭に立って皆を引っ張っていくのは、集団戦闘としては不合格だ。集団戦闘は集団が戦術的に動くことで、成り立つものである。

一騎当千の武辺者《ぶへんもの》がいてもいいが、そういった者は単独で使うことで集団戦闘を生かすポジションになる。

そういった武辺者が部隊を指揮すると、部下が苦労する代表みたいなものだ。


ソーサーを訓練に戻し、俺は訓練場の隅に陣取った。

走り疲れた騎士が一人、また一人と倒れていくのを見ながら精神を集中させる。

「燦然《さんぜん》たる光の大神よ、我は魔を追い求める者なり、我は光を求める者なり、我は光を操る者なり、我は光を内に秘めし者なり、我が魔を捧げ奉る。我が求めるは敵意を見破る光の大神の瞳なり。我に力を与えたまえ。マリスシー」

伝説級魔法は無詠唱などでは発動させられない。もっとも、下級魔法でも無詠唱の成功率は半々だ。無詠唱はかなり難しいため、時間をかけて訓練していくことにした。

マリスシーというのは悪意や敵意を見る魔法だ。光属性の伝説級魔法で、成功したかどうかは、悪意や敵意を持った者が目の前にいないと分からない。

だから、こんな厳しい訓練を課した俺を恨んでいる者がいるであろう、この訓練場にやってきた。目の前には数百名の騎士が、歯を食いしばり目を吊り上げながら、あるいは虚《うつ》ろな目をして走っている。

魔力が動いたので発動したと思われるマリスシーだが、視界に変化はない。失敗してしまったのかと、首を傾《かし》げる。伝説級ともなると、簡単にはいかないようだ。

「燦然たる光の大神よ、我は魔を追い求める者なり、我は光を求める者なり、我は光を操る者なり、我は光を内に秘めし者なり、我が魔を捧げ奉る。我が求めるは敵意を見破る光の大神の瞳なり。我に力を与えたまえ。マリスシー」

魔力は動いている。だが、発動しない。

「燦然たる光の大神よ、我は魔を追い求める者なり、我は光を求める者なり、我は光を操る者なり、我は光を内に秘めし者なり、我が魔を捧げ奉る。我が求めるは敵意を見破る光の大神の瞳なり。我に力を与えたまえ。マリスシー」

前の二回と同じだ。魔力が動くだけで、発動しない。

それからもマリスシーの詠唱を何度も行ったが、いずれも視界に変化はない。おかしい。魔力が動いているのだから発動するはずなんだが。

俺は腕を組み、首を捻《ひね》り、どうして発動しないのか考える。

魔法は詠唱することでイメージを固め、詠唱することで神の力を具現化する。そして、詠唱が成功し神の力を行使することができたら、魔力が動き消費されるのだ。

今回、魔力は動いていて消費されている感覚があるので、詠唱は成功しているはずなんだ。なのに、視界に変化が見られない。これはどういうことなんだ?

「まさか、魔導書の記載内容に間違いがあり、本当は悪意や敵意を見るものではないのか？」

思わず声が漏れてしまう。そこでふとある考えが頭の中をよぎった。

「おいおい……。お前たち、俺に悪意や敵意を持ってないのか？　いや、悪意や敵意が俺に向いていないのか？」

考えてみたら、俺に対して悪意や敵意を持っていても、それを俺に向けていなければ見えないのではないだろうか？

精神的に追い込まれている騎士たちは、俺に悪意や敵意を向ける余裕が……ない？

「これは盲点だったな。そうすると……そうだ、あいつがいた」

屋敷に戻ると、すぐにその人物を呼び出した。

「お久しぶりにございます。殿下」

「元気そうだな、法務大臣」

そう、俺を最低でも二度は殺そうとして、刺客を送ってきた法務大臣だ。こいつなら俺に悪意や敵意を持っているだろうと、事前に詠唱を済ませておいたのだが、どういうわけか悪意や敵意が見えない。

「……………」

「どうかなされましたか？」

「いや、なんでもない。それよりも、迷宮探索中にモンスターの大群に襲われたのだが、法務大臣はどう思う？」

法務大臣はやや困惑《こんわく》した表情を見せた。少し揺さぶれば悪意や敵意を見せると思ったのだが、そうはならない。

なぜ見えないのだろうか？　魔法は本当のところは発動していないのか？

「某《それがし》は迷宮にそれほど詳しくありませんが、迷宮であればモンスターが大群で襲ってくることがあると聞いたことがあります。もっとも、魔法の天才であらせられる殿下であれば、問題なく対処がおできになると存じますが」

最後はにこりと微笑み、俺をよいしょするのを忘れない。こいつ、なんで悪意や敵意が見えないんだ？

「ところで、オットー官房長とはどうだ？　上手《うま》くやっているか？」

先日、皇帝より新しく親王に指名されたアジャミナス・オットーの父は、法務官房長のオットー侯爵だ。俺の姉（皇帝の娘）が侯爵家に嫁いでいて、その息子がアジャミナス・オットーなのだ。

法務大臣にとっては自分の地位を脅《おびや》かす存在だ。下手《へた》をすれば、最近の敵意はオットー侯爵かアジャミナスに向けられているのかもしれない。

「正直申しまして、面白くはありません」

「ほう、お前にしては珍しいことを口にしたな」

「これは失礼しました」

失礼したと言いながら、そんな素振りは微塵《みじん》も見せない。そして、悪意や敵意も見せない。

もっとも、オットー侯爵かアジャミナスに悪意や敵意が向いているのであれば、俺に対してのものではないので見えないのも当然なんだが。

この魔法の使いづらい点は、魔法行使者に対する悪意や敵意しか分からないところだ。これで伝説級なのだから、それだけ人の心を見るのは難しいということだろう。

「で、何が面白くないんだ？」

興味がないと言えば、嘘になる。だから、聞いてみた。

「法務省が裁判を所管しているのは、殿下もご存じかと思います」

「もちろん知っているな」

「裁判も殺人や誘拐などの重罪から、わずかな金銭や物の窃盗《せっとう》まで幅広く行われております」

罪の重さに関係なく有罪無罪の判断を行い、有罪であれば刑罰を決めるために裁判は行われる。

「刑法も重罪から微罪まで多岐に渡っておりますので、それぞれ専門の分野があるのです」

法の専門家でも、全ての法を完璧に覚えるのは至難の業《わざ》だ。

帝国の法典は細かい文字がびっしりと記載されていて、全部で五〇〇〇ページ以上ある。そのため、法典は一〇冊に分かれて監修されているのだが、そのうちの一冊が帝国で最も分厚い書物として有名だ。

しかも、過去の判例から刑期を決めたりしているので、法典を覚えているだけではダメなのだ。それほどに膨大《ぼうだい》な知識が必要になるのだから、素人《しろうと》の出る幕はない分野である。

「大きな声では言えませんが、それぞれの専門分野によって派閥が分かれているのです」

法務大臣を調べた時に知ったが、法務省の派閥は大きく分けて三つあるはずだ。その三つの派閥で大臣、政務官、官房長の三職を分け合っている。

今までは目の前にいるドルフォン侯爵が、親王のザックに近いことがあってほんの少しだけ抜けていたが、三つの派閥の力関係はほぼ拮抗《きっこう》していて、いい意味でバランスがとれていた。

だが、アジャミナスが親王になったことで、その派閥の力関係に変化があったということだな。

「これまで某に媚《こ》びへつらっていた者が、官房長に尻尾を振っております。これまで、可愛がってやった恩を忘れ、手の平を返した者が何名もおります」

その理由を考えるのは、それほど難しくないと思った。今回アジャミナスが親王になったことで、現官房長の息子で法典を諳《そら》んじるほどの彼が、法務省の親王大臣になる可能性がある。

親王大臣というのは、読んで字のごとくである。親王でありながら大臣でもあるということだ。

つまり、アジャミナスが法務大臣の職に就《つ》く可能性は十分にある。皇太子も宮内《くない》大臣であるし、俺も大臣ではないが騎士団長だ。

もちろん、親王がなんでもかんでも大臣になれるとは限らないが、アジャミナスの場合は先ほど述べた理由から、法務大臣になる可能性は十分にあるだろう。

そうなると今の法務大臣であるドルフォンは、勇退させられるか副大臣になるわけだ。ドルフォンはすでに法務大臣の座に八年も居座っている。それだけ長くやっていれば、勇退するのが筋だ。

「ザック兄上を法務大臣にするのは……難しいな」

「はい。ザック殿下はあまり法典に詳しくありませんので……。それに、某はゼノキア殿下のために働くと決めましたゆえ」

本当に口が上手《うま》いな。だが、法務大臣が俺のところに出入りしているというのは、帝城内《ていじょう》や貴族の間では噂になっていると聞く。

多分、俺とザックを両天秤《てんびん》にかけているんだと思うが、もしかしたらザックと二人で何かしらの策を立てているのかもしれない。

たとえば、俺を追い落とす何かを摑もうとか……。

「お前にとっては向かい風というわけだ。だが、何か考えているんじゃないのか？」

法務省で長く権勢を誇っていたのだ。簡単に退《しりぞ》くとは思えない。

「そこでゼノキア殿下の存在が鍵になるのでございます」

「余がどうした？」

「ゼノキア殿下が迷宮魔人を倒され、アルゴン迷宮を安定させれば親王の中で飛び抜けた実績の持ち主になります」

「皇太子がハマネスクの乱を治めれば、余以上の功績となろう」

「しかし、皇太子殿下はハマネスクの乱を治められましょうか？」

それに関してはなんとも言えないな。ピサロ提督《ていとく》に全て任せておけば勝てると思うが、皇太子が口を出さずにおられるだろうか？　無理だと思う。

「ピサロ提督がついているのだから、何とかなるんじゃないか？」

などと心にもないことを答える。

「ゼノキア殿下がそのように考えておられるとは、とても思えませんが？」

「ふっ。どうとでも思っていろ」

「はい。思わせてもらいます」

こいつは本当に食えない奴だな。

「殿下が迷宮魔人さえ倒してくだされば、仮にアジャミナス様が親王大臣になって、某が大臣職を退いたとしても、いくらでもやりようはございます」

そうか……。法務大臣にとって俺は生命線なんだ。

俺が法務大臣の後ろ盾になっているのだから、俺が死んではこいつも窮地《きゅうち》に陥《おちい》る。つまり、今の法務大臣は俺に生きていてもらい、権力の最高峰に上り詰めてほしいのだ。

つまり、シークマンに俺を殺させようとしたのは、法務大臣ではない。なら、誰が俺を狙った？　ミネルバ・ケルンか？　ガルミア・バーラスか？　それとももっと別の誰かなのか？

七章 ミューレ

帝城内の俺の屋敷の庭にて、抜けるように肌の白い少女と向かい合って座っている。

彼女はミューレ・ガルアミス。一歳年上で、俺の婚約者になる少女だ。

ストレートの瑠璃《るり》色の髪を腰の上まで伸ばしていて、白を基調としたドレスにとても映《は》える。顔は可愛らしく、将来はきっと美人になるだろう。

彼女は今日のために、一生懸命お洒落をしてきたんだと思う。そのエメラルドグリーンの瞳と同じ色のイヤリングが、日の光を浴びて輝いている。

「余は、身に覚えがないのだが、なぜか命を狙われている。余の妻になるということは、下手《へた》をすればミューレも狙われることになる」

「はい」

こんな話をするとかなり引かれると思うのだが、彼女はまっすぐ俺を見つめて言葉少なく返事をした。

一カ月後に婚約発表を控えているのだが、実を言うと、ミューレに会うのは今日が初めてだ。

「見ての通り、この屋敷は帝城《ていじよう》内にあるものの中で一番小さい。ミューレには不満かもしれないが、余はこの屋敷が気に入っている」

「屋敷の大きさが、人の価値を決めるわけではありませんわ、殿下」

彼女のその言葉に、俺は思わず目を見開いてしまった。貴族の子女がそんなことを言うなんて、驚きだったからだ。

この時、彼女を見る目が変わった。彼女は俺と価値観を共有できる。そう思ったのだ。

「ミューレは余と考え方が似ているな。好ましく思うぞ」

ミューレは手を口元に当て、うふふと笑った。その所作《しょさ》がとても洗練されていて、女神のような神々《こうごう》しさを感じてしまった俺は、不覚にも見とれてしまった。

「ご歓談中、失礼します」

不意に声がかけられ、その声の主《ぬし》を見るとサキノだった。

カルミナ子爵夫人やメイドたちが周囲を固めていて、サキノらしからぬ無粋《ぶすい》な振る舞いに怪《け》訝《げん》そうな視線を送っている。

「サキノか。なんだ？」

「皇帝陛下が、緊急召集を行われました」

「緊急召集だと……？」

御前会議には、定期的に行われる通常の御前会議、臨時で行われる臨時御前会議、そして今回の緊急御前会議がある。

通常の御前会議は毎月決まった日時に開催されることが決まっているが、臨時御前会議は事前に開催日時が通達される。そして、緊急御前会議は事前の連絡なく呼び出されるものだ。今回の緊急召集は、非常事態が発生したことを意味するもので、直《ただ》ちに対策が話し合われるというものになる。

「分かった」

サキノに短く応《こた》え、ミューレを見やる。

しかし、皇帝も間の悪いことだ。今日、俺がミューレと初めて会うということくらい、知っていただろうに。

「緊急召集とあらば、出席しないわけにはいかぬ。申し訳ないが、お茶会はまたの機会に」

「いいえ、殿下がお忙しい身なのは、聞き及んでおります。わたくしのことは、お気になさらないように」

「すまぬ。この埋め合わせは、必ずする」

「はい。お待ちしておりますわ」

「カルミナ子爵夫人。あとのことは、頼んだ」

「承知しました」

俺は席を立って、屋敷で着替えてから会議室に向かった。

緊急召集でも御前会議なのだから、他の親王《しんのう》や大臣も呼ばれているだろう。だから、御前会議用の会議室を使うと思っていた。

「ゼノキア様。第一会議室ではなく、第二会議室にとのことです」

サキノにそう言われ、第二会議室に向かう。第一会議室は御前会議が毎月行われる部屋だが、今回はより広い第二会議室だった。

つまり、親王と大臣、そして発言権のない政務官の他に、専門家がいるということだ。

「緊急だから軍事関連であろう。反乱が発生したか、外国が攻め込んできたか、どこかに迷宮《ラビリンス》ができたか、それとも……ハマネスクの皇太子に何かあったか？」

迷宮の場合、管轄《かんかつ》は騎士団になるので、俺の耳に情報が入ってこないのはおかしい。だから、迷宮関連ではないと思う。

だったら新たに反乱が起きたか、皇太子に何かあったかのどちらかだと思う。さて、どんな内容なのか？

俺が部屋に入ると一人を除いて全員が立ち上がり、俺の着席を待つ。座ったままの一人というのはザックだ。俺と同等の親王なので席を立つ必要はない。だが、大臣や政務官などは親王の俺に敬意を払うために立ち上がるのだ。

部屋の中を軽く見渡すと、末席に軍服を着た者たちがいた。軍事関連の緊急事態が発生したのは間違いない。

俺の席は皇帝にもっとも近い位置で、皇帝を挟んでザックの反対側になる。皇帝から見たら右側だ。もっとも、皇帝の左右には丞相《じょうしょう》が座るので、一番近いのは二人の丞相なのだが。

大臣の数がやや少ない。政務官の空席もある。緊急召集の場合、帝城内にいない大臣や政務官は出席できなくても、皇帝に対して不敬には当たらない。

また、親王が俺とザックの二人なのは、パウワスとカムランジュの二人が王に封《ほう》じられた後、第八皇子《おうじ》のゾドロスとアジャミナス・オットーが親王宣下《せんげ》を受けていないからだ。親王になる予定の者でも、親王ではない者はこの場には呼ばれない。

さて、軍服組を見ると、海軍の制服が多いように見える。これは、皇太子絡《がら》みの案件の可能性が高いな。そんなことを考えていると、皇帝が入ってきた。俺たちは全員立ち上がって皇帝を迎える。

「楽にされませ」

右丞《う》相がそう言うと、俺たちは着席する。

皇帝の顔をチラッと見たが、いつもと変わりない。表情からでは何があったか分からない。

「緊急召集を行ったのは、朕《ちん》の儀にあらず」

珍しく皇帝が最初に言葉を発した。慣例にないことで、大臣や政務官、そして軍人たちも驚いている。

「ハマネスクの乱がファイマンにも飛び火した」

これには俺も驚いた。ファイマンは海の向こうの大陸にある土地で、帝国の植民地だ。ハマネスクも植民地だが、ハマネスクとファイマンとでは、ファイマンのほうが数倍の面積だ。下手をすると一〇倍くらいあるかもしれない。

そのファイマンが帝国に反旗を翻《ひるがえ》したか。まったく、弱り目に祟《たた》り目というのはこのことだな。

「国土監視大臣。説明せよ」

「はっ」

植民地の監視は国土監視省の管轄だ。しかし、管理は附庸《ふよう》局の管轄になる。つまり、管理と監視する部署が違うのだ。附庸局の役人が植民地の総督《そうとく》として赴任するため、総督が好き勝手しないように監視するのが国土監視省になる。もちろん、その土地についても監視するが。

御前会議は本来は大臣と親王しか発言しない。だが、例外があって、それが局長職だ。局は省の下部組織になるが、局長は準大臣扱いされている。そのため、局長は御前会議に出席することが許されていて、発言権も持っている。

ただし、局長が自主的に発言することはない。それが御前会議の慣例だ。

「ファイマンの総督府が焼き討ちされ、ファイマン全域に反乱の機運が高まっております」

国土監視大臣は監視する側なので、反乱が起きてもなんら痛痒《つうよう》を感じることはない。だが、附庸局長はそうはいかない。ハマネスクに続いてファイマンまで反乱の目を潰《つぶ》すことができなかった。これはその地を治める総督の不手際《ふてぎわ》だ。

七〇近い老人が附庸局長なのだが、青い顔をして冷や汗をダラダラと流している。国土監視大臣の報告如何《いかん》では、附庸局長の首が物理的に飛ぶことになるのだから気が気ではないだろう。

「今回の反乱は総督の圧政が引き金になっております。これまでにも、何度か反乱の兆候がありましたが、有効な対策が打てずに手をこまねいていたのが原因でしょう」

あー、附庸局長の首が飛んだな。

ハマネスクは帝国本土とファイマンの間に浮かぶ島国だ。つまり、ファイマンの目と鼻の先のハマネスクで反乱が起きているのに、植民地の反感を解消しようとしなかったのはマズい。

有効な対策が打てなかったのは総督の失政であり、それは附庸局長の過失になる。

「軍務大臣。ハマネスクについて報告を」

水を向けられた軍務大臣は、大きな体をわずかに皇帝のほうに向け一礼する。

「これまで四度の海戦が行われましたが、いずれも決定的な勝利は得られておりません」

俺も聞いていた話から入った軍務大臣は、四度の海戦の詳細を報告していく。

「第一艦隊と第三艦隊は多少の損害はあるものの健在であり、五回目の海戦に向けて今日明日にも出航するところにございます」

「次は勝てるとよろしいが」

財務大臣が冷や水を浴びせた。財務省はハマネスクとファイマンの二カ所で反乱が発生し、そのための戦費を工面《くめん》しなければならない。さらに、反乱のあった土地の税収が減ることが見込まれるため、他の部署よりも危機感を持っているのだろう。

「此度《こたび》の作戦について、海軍上級大将であるボリス・ズーロより説明を行いたいと思います」

皇帝の許可が下り、ズーロ上級大将が立ち上がった。海軍の軍人は陸軍に比べて屈強で有名なのだが、ズーロ上級大将は白髪《しらが》で小柄な人物だ。

「では、此度の作戦について説明いたします。ピサロ提督《ていとく》率いる第一艦隊が西からハマネスクに侵攻し敵と戦っている間に、皇太子殿下率いる第三艦隊が東よりハマネスクに接岸上陸いたします」

二正面作戦。否《いな》、第一艦隊を囮《おとり》にして、ハマネスク本土を強襲するというわけだな。言っては悪いが、平凡な作戦だ。そもそも、そんなことはもっと早い段階で試しておくべきだろう。

――ちょっと待てよ。そうか！　なるほど、分かったぞ。

この作戦は皇太子が第三艦隊だけを指揮することで、第一艦隊のピサロ提督をフリーにするための作戦か。そうすれば、第一艦隊は皇太子から離れて好きにやれる。これは、本土強襲作戦で敵を駆逐《くちく》するのではなく、艦隊戦で圧倒的な勝利を得るための作戦か。

軍部も皇太子の指揮がダメダメとは言えないので、皇太子に花を持たせるように見せかける作戦を立案したのか。白髪頭のズーロ上級大将と他の将帥《しょうすい》たちの苦労が窺《うかが》えるようだ。

「ハマネスク本土を確保しましたら、そこを拠点とし、新たにファイマンへ艦隊を送ります。今回の第一艦隊と第三艦隊は、そのままハマネスクに配置します。その上で派遣する艦隊は四個艦隊になるように、調整しております」

ズーロ上級大将がハマネスクの反乱を鎮圧した後《のち》に、ファイマンに艦隊を送ると説明したところで、話を切った。

「ファイマン攻略については、陸軍のボードン上級大将より説明させていただきます」

ボードン上級大将はめちゃくちゃデカい。それに、顔に派手な傷痕《きずあと》がある。このボードン上級大将の噂は俺も聞いたことあるが、体中に傷痕があって本当かどうか知らないが、モンスターを素手で殴り殺したことがあるらしい。

まあ、俺も弱いモンスターなら殴り殺せる自信はあるがな。

「ハマネスクの地を押さえましたら、一個連隊を送り込む手配になっております。一個連隊が橋頭堡《きょうとうほ》を確保したところで、二個師団を送り込む予定であります」

こうなってくるとハマネスクの反乱鎮圧は、絶対に成さなければならない。そうでなくてはファイマンへの対応ができないと、二人の上級大将が言っているのだ。

「ハマネスクを拠点にする案は構わぬが、それは今回の作戦によってハマネスクの反乱を鎮圧することが前提になっている。失礼は承知で申すが、もしもこの作戦に失敗したら、ファイマンには打つ手なしということかな？」

法務大臣か。なかなか厳しい発言だが、それは当然の懸念《けねん》なので俺も援護射撃しておくか。

「余もその点について聞きたい。ハマネスクのことが、もし失敗したらどうするのか？」

珍しく俺が発言したので、皆が驚いてる。だが、そんなことはどうでもいい。今はファイマンへの対策について、ハマネスクありきなのか、他の案があるのかを確認する時間だ。

「はっ、お答えいたします」

俺の質問に、元々背筋に棒でも入っているんじゃないかと思えるほどシャキッとしていた背筋をさらに伸ばしたボードン上級大将が、淀《よど》みなく答える。

「仮にハマネスクが確保できなかった場合は、サルマンを拠点にいたします。ただ、サルマンの港は規模がそれほど大きくないため、港の拡張工事が必要になりますので、できればハマネスクを使いたいところであります」

サルマンはハマネスクの北東、ファイマンの北にある島だ。帝国建国の頃から帝国領として存在する島なので、植民地でも属国でもない。

島の規模はハマネスクより小さく、商用や漁業用の港はあるが、軍港はない。そんな島だがファイマンに近い島なので、ここを拠点にすれば補給路は確保できるだろう。

「仮にサルマンの港を軍港として拡張した場合、どれほどの期間がかかると見ているのだ？」

「土属性の魔法を使える魔法使いを多く投入し、一カ月以内には対応できる見込みでございます」

まあ、魔法を使えばそのくらいか。俺なら一、二日で拡張する自信があるけどな。

「一カ月で港の整備ができるのなら、ハマネスクに拘《こだわ》る必要はないのではないか」

「補給路の問題にございます。本土の補給拠点がパリマニスになりますので、どうしてもハマネスクのほうが都合がいいのでございます」

この帝都からほぼ真南にある港湾都市がパリマニスだが、そのパリマニスからだとハマネスクは目と鼻の先だ。対してパリマニスからサルマンはそれなりに遠い。

「たしか、ドローリスならサルマンに近かったと思うが？」

ドローリスは帝都から東にある港湾都市だ。そこも軍事拠点があるから、補給拠点にしてもいいはずだ。しかも、貿易の中継地なので、物資も集まりやすい。

「規模の問題でございます。ドローリスよりもパリマニスのほうが、拠点として大きく使いやすいのでございます」

「ふふふ。ものは言いようだな。余には選択肢を狭めるための言い訳にしか聞こえぬぞ」

「殿下。ボードン上級大将の作戦は妥当《だとう》なものと、某《それがし》は考えております」

「軍務大臣か。別に責めているわけでもなんでもないのだ。ただ、なぜ選択肢を狭めるのかと、疑問に思っただけだ」

「最善の選択をしているだけにございます」

「そうか。まあ、軍務大臣がそこまで言うのであれば、そうなのだろう。その選択が最善であるとよいな」

　これ以上言うと、ボードン上級大将を虐《いじ》めているように思われるので、この辺にしておくか。

　皇太子がハマネスクを押さえてしまえば、彼らの言うことに問題はないのだから。そう、ハマネスクを押さえられればな。

　その後、ハマネスクを拠点にする案が承認された。

「時に、ゼノキアよ」

　これで終わりかと思ったが、皇帝に名を呼ばれた。

「迷宮はどうか？」

「明日、迷宮に入ります。これで一定の成果が出せればと考えております」

「ふむ。騎士団のほうはどうか？」

「はっ、二割ほどの者が退団しております。その全てが貴族出身というのが、残念でなりません」

俺が騎士団長になって退団した騎士団員は、全員が貴族の出だった。前騎士団長が訓練を手《て》温《ぬる》くしたのも、こういった貴族の次男以下を受け入れるためだった。

あいつ、貴族たちからかなりの袖《そで》の下をもらっていたようだ。まったく、碌《ろく》な奴じゃねぇ。

「騎士団再建の見通しはどうか？」

「現在残っている者は、厳しい訓練にも弱音を吐かず、がんばっております。質はかなり上がっていると思っていただいて構いません。ただし、情けないことですが二割も辞《や》めたため、近々入団試験を行う予定にございます」

「ふむ。その入団試験というのは、どのようなものなのだ？」

「貴族、平民の貴賤《きせん》を問わず、厳しい訓練についていける者だけを選定いたします」

「それでは騎士としての品位に欠ける者が、入団するのではないか？」

「その点につきましては、最終的に某と幹部によって面接を行い、騎士の資質を見極める所存にございます」

「それでいい」

そう言うと皇帝は立ち上がって、会議室を出ていった。

報告書と改善計画書を出しているので、迷宮のことも入団試験のことも、皇帝は知っているはずなんだよな。ここで聞かなくてもいいのだが、わざわざ聞いたのはなんでだと勘ぐってしまう。

再びアルゴン迷宮に入った俺たちは、奥へ奥へと進んでいく。

前回と同じメンバーで今回も臨《のぞ》むが、前回の迷宮探索からやや日が開いた。これは俺の公務の都合だ。騎士団長なんてやっていると、面倒な会議や書類仕事があるのだ。

C班のミリアムが報告のために駆け寄ってくる。

「団長。前回、モンスターが大量にいた広場に出ます」

「警戒を厳にして進め」

「はっ！」

斥候《せっこう》のリースに続いて俺の前方にはアーサーとミリアムのC班、俺の周囲には魔法使いとポーター、やや後方にサキノとソドムのA班、さらに殿《しんがり》としてボドムとウーバーのB班を配置して進む。

前回はここで刺客《しかく》の襲撃を受けた。

その時の痕跡（モンスターの死体や壁などについた傷痕）は奇麗さっぱり消えている。

時間が経過すると死体は迷宮に取り込まれ、壁などについた傷も修復されるのが迷宮の特徴なのだ。

「まったくモンスターがいないな」

前回はモンスターが犇《ひし》めき合っていた広場には、ほとんどモンスターはいない。

「ゲランド。道は間違っていないな？」

マッピングを担当しているゲランドに確認する。ゲランドは力は強いし、マッピングの技能もある。だが、戦闘はそれなりで剣や槍《やり》の腕前は人並み。だが、騎士団員全員が戦闘要員ではない。特に俺のアーデン騎士団では、武勇はそこそこでも一芸に秀《ひい》でている者はそれなりに出世できる。全員脳筋だったら、組織なんて回らないんだよ。それに、ゲランドは頭は悪くない。使い方次第だ。

「はい。前回到達したのは、この広場でございます」

「ならばよい」

特殊な迷宮であれば別だが、一度出来上がった地形は変わらない。ただし、モンスターの出没地点や罠《わな》の位置は変わることがあるのは俺でも知っていることだ。

広場にいる多少のモンスターを倒して進んだ先で、各班の配置を変更する。負担を適度に分散させるためのものだ。

さらに進み、三差路に差しかかる。リースが戻ってきて、その先の気配について報告する。

「おそらくですが、左が一番安全だと思われます」

「一番危険だと思うのは？」

「真っすぐ進む道です」

「ならば、真っすぐ進むぞ」

俺は迷宮魔人を倒しに来たのだ。危険を避けていては、迷宮魔人を追い詰めることはできない。

「承知しました」

リースが先行して真っすぐの道を進む。すると、すぐに立ち止まる。ハンドサインが罠だと告げている。

リースが罠を解除するのを待ち、作業が終わると進む。

「む、また罠か」

また罠だ。この道は罠もモンスターも多い。

「サキノ」

「はっ」

「迷宮魔人に近づいたためだと考えたいところだが、どう思う」

「記録では、このように罠が多くしかけられた場所の奥に、迷宮魔人がいるとありました」

「うむ。余もその記録は読んだ」

この奥に迷宮魔人がいてくれれば、さっさと倒して騎士団の改革に本腰を入れられる。騎士団の運営が軌道に乗れば、魔法や薬の研究に集中できるはずだ。

「罠の解除が終わったようです」

リースが進めのハンドサインを出す。

徐々に通路が細くなっていき、人が一人通れるくらいになっていく。俺はまだ体が小さいからいいが、縦にも横にも体の大きいウーバーなどはかなり窮屈《きゅうくつ》な状態だ。

道はさらに狭くなり、天井も低くなってきて、大柄なウーバーだけでなく他の騎士たちも腰を屈《かが》めて進む。小柄な魔法士のロザリーでも、天井に頭がつきそうだ。

「この状態で前後から挟み撃ちにあったら、非常にマズい状況です」

サキノの言う通り。この状況での戦闘は非常に危険だ。

俺一人ならなんとでもなるが、全員を守りながらは無理がある。

「団長。モンスターです」

「ちっ、来たか」

前からモンスターが接近してきて、リースが応戦することになる。

「剣を振るのではなく、突け。ミリアムは隙間《すきま》から槍を出し、モンスターに攻撃しろ」

「「はっ！」」

道が狭いので左右や上下からの襲撃はない。あるのは正面だけだ。それなら剣を振るのではなく突いたほうが、防御がしやすい。そこに槍で援護してやれば、なんとかなるだろう。

「後方からも来ました」

「一番後ろはボドムだったな？」

「そうです」

「盾《たて》で道を塞《ふさ》いでおけ」

「なるほど。ボドムは盾で道を塞げ！」

「はい！」

ボドムの盾はかなり大きく、この通路を完全に塞ぐのは無理でも攻撃はかなり防げるはずだ。

「余が前に出る」

「お待ちを！」

サキノが危険だと腕を摑んできた。

「正面の敵を掃討し、この道を抜ける。大丈夫だ。余を信じろ」

「……承知しました」

俺はボドムやロザリーたちの横をすり抜け、槍をチクチク突き出しているミリアムの前に出てリースの背中越しに立つ。子供の俺だからできることだ。大人の体だったら移動できなかっただろう。

「リースはそのままモンスターを近づけるな」

「はっ！」

リースを巻き添えにしないように調整しながら魔法を詠唱する。一点を貫《つらぬ》き、燃やし尽くすいい魔法があるのだ。

「撃つぞ！」

俺のその声を聞き、リースは剣を引く。

「メルトダウンレーザー」

これは光属性帝級魔法だ。貫通力に優れ、貫いたものを圧倒的な熱量で燃やし尽くす。

こういう狭い道なら敵も一列に並んでくれているので、この魔法の特性が生きるだろう。

細い道を塞いでいた岩型モンスターを貫通し、細い光の線が伸びる。

石だろうと金属だろうと関係なく、メルトダウンレーザーは圧倒的な熱量でモンスターを焼き、溶かす。

モンスターが赤く熱されてドロドロになり、形が崩れていく。考えたら溶けたモンスターが冷めるまで動けない。ちょっと失敗したかな。

「後ろのボドムは大丈夫か？」

伝言ゲームのように俺の言葉が伝えられ、返事が戻ってくる。

「問題ありません」

その言葉を聞き、真っ赤に熱せられて蒸発していくモンスターを見ながら考える。

「そうか！」

俺は閃《ひらめ》き、手を打った。

すぐに詠唱を始め、魔法を発動させる。

「ホール」

土属性中級魔法。山などでトンネルを掘る時に使われる魔法だ。

ダンジョンの壁は簡単には傷つかない。だが、一定以上の威力があれば損傷を与えられることが分かっている。

だからホールでこの狭い通路を拡張してやる。すると、不思議なことに、広くなった場所の岩や土はどこかへ行ってしまう。それどころか、ドロドロに溶けていたモンスターまで消えてしまった。これは本当に土属性の範疇《はんちゅう》に入る魔法だろうか。そんなことを思ってしまう。

「よし、行くぞ」

俺が声をかけても、皆が動こうとしない。何事かと皆の顔を見ると、ポカーンと呆けていた。

「何をしている？」

「あ、いえ、団長の魔法は本当にあり得ないと思いまして」

「この程度の魔法ならロザリーでもできるだろう」

「いえ、無理ですから！」

なぜ、そんなに必死で否定するんだ？　解《げ》せん。

「だ、団長！　こっちもなんとかしてください」

そんな悲鳴のような声をあげたのは、ボドムだ。盾で後方のモンスターを防いでいる。

「その程度のモンスターなら、お前一人だけでもなんとかなるだろ」

「え、放置ですか!?」

「早くしないと、道が元に戻るぞ」

ダンジョンの壁は時間経過と共に修復されるから、早く移動しないと広がった穴が塞がって狭くなるぞ。ボドムを無視して先に進む。

後方で叫び声が聞こえたが、その程度のことで騒ぐとは鍛え方が足りないようだな。アーデン騎士団の正騎士なら、朝飯前と言ってほしいぜ。

先に進み、今度は広い場所に出た。

「どうやら正解だったようだな」

「はっ、ここが最奥《さいおう》のようです」

俺たちはまるで宮殿の謁見の間《えっけんのま》のごとき場所に出た。大理石のような床、壁、天井、そして柱が規則正しく立ち並ぶ。

しかも、俺たちの目の前から一番奥の玉座《ぎょくざ》まで、帯状の赤絨毯《じゅうたん》が敷かれている。帝城の謁見の間にも引けを取らないくらい、手入れが行き届いている。

「あれが迷宮魔人か？」

俺は玉座に腰を落ち着けて偉そうに膝《ひざ》を組んでいる奴を指差す。

「そのようですな」

一〇〇メルほど離れているので、どんな顔をしているのかは見えないが、偉そうにふんぞり返っているのは分かる。

迷宮魔人から漏れる魔力はそこそこ多い。だから、保有魔力量がそれなりにあるのは窺える。それが分かる魔法士のアザルとロザリーは、顔を青くしている。この程度のことで怯《ひる》んでいるようでは、一人前とは言えないぞ。

「アザル、ロザリー。気後《きおく》れするな。所詮《しょせん》は魔力を制御もできない雑魚《ざこ》だ」

二人は歯を食いしばり、杖をぎゅっと握る。それでいい。気持ちで負けていては、勝てるものも勝てないからな。

「迷宮魔人というから、どんなすごい奴が出てくるかと思ったが、偉そうにしているだけで大したことはないな」

念のため全員に薬を飲ませるか。

「お前たち、これを飲んでおけ」

「団長。これは？」

「身体能力を一時的に上げてくれる薬だ。ちゃんと効果のほどは確認してあるから、安心して飲め。それとアザルとロザリーはこれだ」

全員に薬を渡し、飲ませる。あの程度の魔力なら物の数ではないが、念には念を入れて薬以外にも魔法で強化する。

アーサーが強化魔法に反応して振り向いた。中級の魔法なのでなんとか無詠唱で魔法陣は発現する。俺の横や後ろにいた騎士たちには見えるが、前にいてそれを見ていないアーサーが気づくとは思っていなかった。

この程度のわずかな変化に気づけるってことは、周囲に気を配っているということだ。なかなかやるな、アーサー。

「ちょっとしたおまじないだ。気にするな」

俺が歩き出そうとしたら、アーサーが呼び止めてきた。

「団長。某が先に進みます」

「いいだろう」

アーサーとミリアムのC班が先頭になって進み、俺は相変わらず中衛だ。

迷宮魔人はどうやら悪魔のようだ。悪魔というのは魔人の中でもかなり上位の存在だと、何かの本に書いてあったのを思い出す。

牡羊の巻き角があり、蝙蝠《こうもり》のような羽を生やし、ヘビのような尻尾を持つ。それ以外は人間に近く、容姿を変えることもできるという。目の前の迷宮魔人もそれに当てはまる容姿をしている。

迷宮魔人まで、あと約一〇メル。騎士たちが盾を構え、油断なく対峙《たいじ》する。

「まさか人間ごときが、ここまでやってくるとは、思ってもみなかったぞ」

牙を見せて笑う迷宮魔人は余裕綽々《しゃくしゃく》だ。それに対して俺も、笑い返して言ってやる。

「どんな大物がいるかと思ったら、こんな雑魚で拍子《ひょうし》抜けだ」

「ほう、我を雑魚と愚弄《ぐろう》するか。人間も言うようになったではないか」

「雑魚が上から目線というのは、気に入らないな。そこから降りてこい」

俺が手を振ると、魔法士のアザルが侵食する雨、ロザリーが刃《やいば》の嵐を発動させた。二人が小声で詠唱を行っていたのは、聞こえていたのでタイミングを見計らっていたのだ。

侵食する雨に濡れると、能力が下がる効果がある。この魔法は上級魔法だが、その難易度は王級を超えるため使える魔法士は少ない。発動速度も威力も申し分ない。アザルは腕を上げたな。

ロザリーの刃の嵐は王級魔法だ。無数の刃が四方八方から襲い、対象を切り刻む。範囲を迷宮魔人の周辺に限定し、威力を上げる工夫が見える。

しかも、アザルの侵食する雨よりも発動を遅らせ、迷宮魔人を弱体化させてから切り刻もうという思惑《おもわく》が分かる。最も若い魔法士だが、その才能は俺の下《もと》にいる中でピカイチだ。

ただし、俺の小姓《こしょう》のテソやセルが成長したら、ロザリーが一番のままかは分からないがな。

「ぐあぁぁぁぁぁぁっ……」

魔法を受けて悲鳴をあげた迷宮魔人は、血だらけだ。玉座も切り刻まれて、迷宮魔人は地面に倒れて荒い息をついている。

まさかと思うが、この程度で倒せるんじゃないだろうな？

「かかれ！」

「「おうっ！」」

ソドム、ボドム、ウーバー、アーサー、ミリアム、そしてサキノが、迷宮魔人との距離を一気に縮め、攻撃を加える。

「………」

おかしいな、迷宮魔人が反撃してこないぞ？　何か奥の手があるのだろうか？　ん？　サキノが攻撃停止を命じたが……。え？　もう終わり？　そんなわけないよな？

「って、何この威力!?」

「おかしいだろ、あんなに効果があるわけないんだ」

いきなり隣で叫ばれて、俺は死角からの攻撃かと身構えた。

「お前ら、驚かせるなよ」

「「殿下！　あの魔法、何をしたんですか!?」」

あの魔法とは、強化魔法のことか？

「ただの強化魔法だ」

「ただの強化魔法って、そんなわけないじゃないですか！」

「おい、ロザリー。唾《つば》を飛ばすなよ」

「あ、失礼しました。でも、殿下の強化魔法のおかげで、とんでもないほどの威力になりましたよ」

「そうです。いくらなんでもあれほど魔法威力が上がるなんて、あり得ないですよ。殿下！」

まあ、ちょっとだけカスタマイズしたが、そんな大げさなものではないはずだ。それに、今放ったロザリーとアザルの魔法は、俺からしたらまああの程度であって、目を見張るほどのものではない。

「とにかく、C班は敵が死んだか確認し、死んでなければとどめを刺せ。また、死んでいたらそのまま死体を監視だ。A・B班は周囲を探索してくれ。迷宮魔人があんなに弱いわけがない。警戒を怠《おこた》るな」

「「はっ！」」

しかし、あの悪魔が迷宮魔人なら、この迷宮に大したお宝は眠ってないな。迷宮魔人の強さとお宝は比例するというのが、これまでの常識だ。

こんな迷宮に多くの犠牲を払っていた騎士団は、どれだけ弱体化してしまっていたのかという不安が湧いてくる。前任の騎士団長のおかげで、なんで俺がこんな気苦労をしょい込まなければいけないのか。まったく、あの顔だけは凶悪なバカ野郎が。

「ゼノキア様。こちらに」

「どうした、サキノ」

サキノが呼ぶので行ってみると、隠し部屋のような場所があった。

「ほう、なかなかの財宝だな」

部屋に山積みにされた黄金や数々のアイテム。親王の俺でもここまで多くの黄金はさすがに見たことがない。しかし、これほどの黄金を守っている迷宮魔人なら、もっと強くてもいいと思うのだが？

「あの迷宮魔人は、黄金が好きだったのか？」

「そのようで」

「さて、これだけの黄金を持ち帰るとなると、かなりの人手が要《い》るな」

「騎士たちを動員しましょう」

迷宮魔人が討伐されると、迷宮の成長は止まる。しかし、モンスターは生み出され続け、なぜかお宝まで補充される。

迷宮魔人がいると、モンスターが迷宮の外に溢《あふ》れ出るため危険だが、迷宮魔人がいなくなった迷宮は金の成る木なのだ。

「む……ちょっと待てよ」

「どうかされましたか？」

目が眩《くら》みそうになる黄金の向こうに、いくつかのアイテムが置いてある。そのアイテムの中に、明らかに異質なものがあった。

「腕輪……ですか？」

「他のアイテムはどれも黄金製だ。だが、これだけ銀製というのは、浮いてないか？」

「そういえば、そうですね。これだけ黄金製ではないというのは、違和感しかありません」

手をかざして魔力を流してみるが、嫌な感じはしないから呪われたアイテムではないだろう。

俺が手を伸ばすと、サキノがそれを止めようとした。

「危険です」

「大丈夫だ。呪いはない」

エリーナ・エッガーシェルトの呪いを解呪してやってから、いくつか呪われたアイテムの解呪をしてくれと頼まれた。そのおかげで呪いのアイテムについて、それなりに詳しくなった。

「しかし」

「サキノ、余を信じろ」

「はっ」

銀製の腕輪を手に取り、左腕にハメてみる。この腕輪がマジックアイテムなのは確実だが、どういったものか分かっていない。魔力を流して腕輪の構造を探る。

「………」

なんとなくこの腕輪がどういうものかが分かってきた。しかも、これは俺が知っているどの属性にも分類されない、初めて見る属性のアイテムだ。

「…………」

さらに魔力を細部まで、満遍《まんべん》なく流す。そして、ついに判明した。俺はこの腕輪の能力、そしてその属性に身震いした。

「ゼノキア様？」

「……心配するな。それよりもこの腕輪のことが分かったぞ」

「呪いはないのですね？」

「呪われてはいない。だが、それ以上の衝撃を受けた」

「大丈夫なのですか？」

「サキノ。これはすごいものだ」

サキノにこの腕輪のことを語って聞かせると——……

「そ、そのような……ものが」

「間違いない。見ていろ」

俺は近くにあった黄金の延べ棒を手に取った。かなり重い。さすがは黄金だ。

そして、腕輪の能力を発動させるために、魔力を流す。

「っ!?　……本当になくなりました」

俺の手の上にあった黄金が消えてしまったのを見たサキノが、目を剝いて驚いている。

「出すぞ」

手の上に再び黄金の延べ棒を出した。

この腕輪は時空属性の魔力が込められていて、物を収容することができるものだ。どれほどの容量があるのかは、もっと調べないと分からない。しかし、ここにある黄金を全部収容するくらいはできると思う。

「これまでその存在が知られていなかったアイテムが発見されたのですから、ゼノキア様の功績は非常に大きなものになるでしょう」

確かに大きな功績だろう。だが、その程度のことでは収まらないのが、このアイテムだ。

「この腕輪は戦略アイテムだ。これ一つで数千、数万の軍勢を食わせることができる兵糧《ひょうろう》を運べるだろう」

「っ!?」

「サキノ。皆を呼べ」

「はいっ」

全員を集めて、この腕輪について口外《こうがい》することを禁じた。

この腕輪の扱いについては、皇帝にどうするのか伺《うかが》いを立てる必要がある。

アルゴン迷宮を出た俺は、屋敷に帰って着替えてから皇帝に拝謁を願い出た。

今回は俺と共に迷宮探索をしたサキノとアーサーも一緒にだ。先触れを出してお目通りをと申し入れたため、すぐに執務室に通された。いつものように礼を尽くした挨拶をし、皇帝との謁見に臨む。

「ゼノキア。無事に帰ってきたこと、嬉しく思うぞ」

「ありがとうございます。陛下」

「そなたらも、よくゼノキアを守り抜いた。褒めてとらす」

「「はっ。勿体《もったい》なきお言葉にございます」」

皇帝はサキノとアーサーにも声をかけ、機嫌がいいように見える。

「火急の用とは何か？」

「はい。今回の迷宮探索にて、迷宮魔人と思われる悪魔を討伐いたしました」

「さすがはゼノキアである。のう、左《さ》丞相」

「はい。ゼノキア殿下でなければ、これほどの短期間で迷宮魔人討伐は叶いませんでしたでしょう」

「うむ。ゼノキアの功績を称《たた》え、戦勝パーティーを行うこととする」

「承知いたしました」

皇帝と左丞相は上機嫌で、話を進めていく。その様子をじっと見つめ、皇帝が落ち着くのを待つ。

「して、それだけではないのであろう？」

「はっ、陛下にお見せしたきものがございます。お許し願えますでしょうか？」

「ほう、見せたいものとな？　構わぬ」

皇帝の許可を得た俺は、サキノに目配せした。

サキノが一度退席し、すぐに戻ってくる。その手には布が被《かぶ》せられたトレイがある。

左丞相がそのトレイをサキノから受け取り、皇帝の執務机に置く。

「ゼノキアがあえて見せたいと申すのだ。珍しいものなのだろう」

皇帝が頷くと、左丞相が布を取る。出てきたのは銀製の腕輪である。見た目は豪華でも華美でもない。こんなものを皇帝に見せるとはと、左丞相あたりは思っているだろう。眉間《みけん》にシワが寄っているぞ。

「して、この腕輪がどうかしたのか？」

皇帝もこれが何か分からず、戸惑っているようだ。

「某が腕につけてもよろしいでしょうか？」

「構わぬ」

左丞相がトレイを持って俺の前にやってくる。腕輪を手に取り、左腕にハメた。

「某の手にご注目ください」

皇帝が頷き、上に向けた俺の左手を凝視《ぎょうし》する。

――――出てこい、黄金の延べ棒。

「「なっ!?」」

皇帝と左丞相、そして皇帝を警護する騎士たちが目を剝いて驚愕した。

仰天《ぎょうてん》するのは仕方がないが、騎士たちは皇帝を守っているのだから、呆然としたらダメだぞ。

「こ、これはどういうことか？」

皇帝がその驚きを隠すことなく、問い質《ただ》してくる。

「迷宮内で発見しましたアイテムで、時空属性の魔力が付与されております」

「じ、時空……属性だと……」

「はっ、この腕輪の中には、迷宮内で発見した黄金の延べ棒、およそ一〇万本を収容しております」

「一〇万本⁉」

声を上擦《うわず》らせたのは左丞相である。この大きさの黄金の延べ棒が一〇万本も入っていると聞けば、そうなるのも無理はない。

ずっしりと重い黄金の延べ棒は、三〇キグムはあるだろう。それを一〇万本も手に入れたのだから、帝国の国庫は大いに潤《うるお》うはずである。

「その黄金の数にも驚いたが、その腕輪……時空属性と言ったか？」

「はい。時空属性にございます」

「これまで聞いたこともない属性だが、なぜ分かった？」

「アイテムに魔力を流せば、その構造や属性は分かります」

「ふっ。それはゼノキアであればできることであろうな」

皇帝は笑みを浮かべ、背もたれに体を預けた。

「左丞相よ」

「はい、陛下」

「これは前代未聞《みもん》の発見であるな」

「左様にございますな。時空などという属性は初めて聞きます。素晴らしい発見であります」

「ゼノキアへの褒美《ほうび》はどうすればよいかのう」

「迷宮魔人の討伐だけでなく、大量の黄金、そして時空属性の発見。これは大きな功績でございます」

「ゼノキア。何か希望はあるか？」

それを待っていたぜ。俺が望むのは一つ。

「さればでございます。某に、禁書エリアへの立ち入りをお許しください」

重要書を全部網羅《もうら》したわけではない。だが、重要書に指定されている魔導書は全部読んだはずだ。だから禁書が読みたい。俺の成長の糧《かて》にしたいのだ。

だが、皇帝の表情が曇った。俺の要望に拒否反応を示したのが、その表情から分かる。

「ゼノキアはまだ若い。今回は禁書を諦《あきら》めるのだ」

ハッキリとした拒絶だ。禁書とはそれほどのものなのか？　だが、若いことを理由にするのは、どういうことか？　……分からん。

「褒美については、追って沙汰《さた》する」

「承知しました」

皇帝の気分を害してしまった。食らいつくのは下策だろう。

「さて、その腕輪であるが、学者たちに調べさせることにしよう」

「それがよろしいでしょう」

ずっしりと重い黄金と腕から外した腕輪を、左丞相が差し出したトレイの上に置く。

黄金を置いた瞬間、左丞相はかなりキツそうだった。まあ、今の俺の体重に近い重さがある黄金の延べ棒だからな。俺が片手で軽々と持っていたので、左丞相はそれほど重くないと勘違いしてしまったのだろう。


「禁書が余計に見たくなった」

皇帝の執務室を辞して、歩きながらサキノに語りかける。

「いったい、どんなものが保管されているのだろうな」

「某には分かりかねるものにございます」

俺だから皇帝は軽く反対するだけに留めたが、サキノが禁書を見たいと言ったら首が飛ぶだろう。皇帝の表情を見たら、そう思わずにはいられない。

ただ、ダメと言われると、余計に見たくなる。俺も困ったものだ。

「アーサー」

「はっ」

「明日は休みを取れ。今回同行した者たちにも休みを与えよ」

「しかし、報告書の作成がありますが」

「腕輪と黄金を献上したのだ。報告書が二、三日遅くなっても問題ないだろ」

「……承知しました。団長のお言葉に甘えさせていただきます」

しかし、今回の迷宮内では、刺客は襲ってこなかったな。残念だが、向こうにも都合というものがあるのだろう。刺客だって、無限にいるわけではないし、俺を殺せそうな奴となれば、それなりの腕の者が必要だ。

前回の迷宮探索時、裏ギルド・闇夜の月でも幹部クラスであるシークマンが俺を殺しに来たことで、もしかしたら暗殺する側の人材が不足しているのではと思っていたが、本当にそうなのかもしれない。

まあ、暗殺者になるのだって、それなりの素養は必要だろう。誰もが簡単になれるわけじゃないはずだ。


迷宮魔人討伐から一〇日。あれからもソーサーとアーサーが部隊を率いて、アルゴン迷宮内を探索している。

あの迷宮魔人が本物であれば迷宮の成長は止まり、そうでなければ成長を続けるだろう。そして、ソーサーとアーサーの報告を聞く限り、迷宮の成長は止まっていると判断できた。

迷宮魔人を討伐した俺たちの功績に対して、褒美が与えられる。事前の交渉で俺には伯爵位、サキノとアーサーには子爵位、他のメンバーにも爵位や昇進、そして金銭が与えられることになった。

親王の俺に伯爵位を与えるというのは、どういうことなのかと思うだろう。親王は次の皇帝になれる地位で、その子供は皇族だ。しかし、親王の孫は平民になる。親王には封地《ほうち》がある。封地は言い換えれば領地である。だが、親王が死んだら領地はなくなる。

今回もらう伯爵位は、俺が死んだ時に役立つものだ。つまり、今の封地がアーデン伯爵家に引き継がれ、俺の子は皇子《おうじ》で伯爵となる。そして、本来なら平民になる孫は皇族ではないが、伯爵位を引き継ぐことができ、アーデン家は子々孫々伯爵家として存続し続けるのだ。

親王が功績を立てた時、このような爵位の授与が稀《まれ》にある。これはかなり大きな手柄でなければ、あり得ないことだ。

さらに五日後。アルゴン迷宮の管理を探索者ギルドに移管する。これを以《もっ》て、騎士団はアルゴン迷宮から手を引くことになる。

迷宮の入り口前で、式典が行われる。探索者ギルドの最高幹部であるグランドマスターに、騎士団の団長として署名入りの譲渡書を渡す。

しかし、探索者ギルドのグランドマスターが、女性だとは知らなかった。エルバルド・ケスラー。男性の名前だろ。だけど、目の前にいるのは、女性だ。腰辺りまで伸ばした銀髪が風に揺れ、太陽の光を浴びて輝いている。年齢は四十代のはずだが、二十代にしか見えない。

「ケスラー。後のことは頼んだぞ」

「騎士団より地図だけではなく、罠やモンスターの配置変化の法則性まで情報をいただきましたので、大変助かっております。今後は帝国にしっかりと税を納めさせていただきます」

「税は余の懐に入らぬからな、ほどほどでいいぞ」

「まあ、ご冗談を。うふふふ」

妙に色っぽい奴だ。それに零《こぼ》れ落ちそうな胸もいい。元探索者だけあって視線はかなり鋭いが、顔の造作も悪くない。前世の俺なら、アプローチをかけていただろう。


謁見の間で、俺たちの功績に対して褒美の授与式が行われている。

「ゼノキア・アーデン・フォンステルトに伯爵位を授ける」

左丞相が高らかとそう宣言する。俺は、皇帝の前で跪《ひざまず》き、その目録《もくろく》を受け取った。

「ゼノキア。今後も期待しておるぞ」

「はっ。ご期待に沿えますよう、努力いたします」

俺の後にサキノとアーサーにも子爵位が授けられ、他のメンバーもそれぞれ褒美をもらった。
・アーデン騎士団、団長アマニア・サキノ（騎士爵⇒子爵）
・アーデン騎士団、ボドム・フォッパー（正騎士⇒騎士長・四千フォルケ）
・アーデン騎士団、ソドム・カルミア（騎士⇒正騎士・三千フォルケ）
・アーデン騎士団、ウーバー・バーダン（騎士⇒正騎士・三千フォルケ）
・アーデン騎士団、リース・ルーツ（従士長⇒騎士・二千フォルケ）
・アーデン騎士団、ゲランド・アムガ（従士⇒従士長・五千フォルケ）

・魔法士アザル・フリック（士爵⇒男爵）
・魔法士ロザリー・エミッツァ（士爵⇒男爵）
・帝国騎士団、副団長（騎士長）アーサー・エルングルト（男爵⇒子爵）
・帝国騎士団、ミリアム・ドースン（騎士⇒正騎士・三千フォルケ）
・帝国騎士団、サージェ・ウイスコン（従士⇒従士長・千フォルケ）
ゲランド・アムガの金額が他のメンバーよりも多いのは、マッピングの褒美も含まれているからだ。

通常の迷宮魔人討伐では、褒美が与えられることは滅多《めった》にない。では、なぜ俺たちが褒美をもらえたかというと、時空属性のマジックアイテムを発見したことと、膨大な金塊を持ち帰ったからだ。

褒美の授与式が終わると、すぐに戦勝パーティーが始まる。今回の主役は俺だが、他のメンバーも主賓《しゆひん》なのでそれぞれに貴族たちが群がっている。特に子爵に陞爵《しようしやく》したサキノとアーサー、男爵に陞爵したアザルとロザリーには、多くの貴族が群がっている。

彼らの目的は自分の娘や縁者を側室として送り込もうというものだ。ロザリーに関しては独身なので、配偶者を送り込みたいという思惑だ。事前にハニートラップには気をつけろと言ってあるので大丈夫だと思うが、何があるか分からないというのが、貴族の狡猾《こうかつ》さなのだ。

「殿下。この度《たび》はおめでとうございます」

俺の婚約者となるミューレだ。今日は薄いピンクのドレスを着ていて、瑠璃色の髪がよく映えている。その髪に合うティアラは俺が彼女に贈ったもので、つけてくれたのを嬉しく思う。

「ありがとう。ミューレは今日も可愛らしいな」

「まあ、殿下は口がお上手ですこと。うふふ」

「余は嘘や世辞は言わんぞ。余が可愛いと言えば、可愛いのだ」

「ありがとうございます。殿下にそう仰《おつしや》っていただけるだけで、とても幸せな気持ちになります」

可愛らしいミューレの後ろに男が現れた。大柄で白髪の人物で目つきは鋭く、歴戦の猛者《もさ》なのはすぐ分かる。この男がミューレの祖父であり、陸軍大将であるオーランド・ガルアミス侯爵だとすぐ察しがついた。

「某、オーランド・ガルアミスと申します。ゼノキア殿下には初めて御意《ぎよい》を得ます」

「余がゼノキアだ。侯爵が戻ってきているとは、知らなかったぞ」

オーランドは陸軍の軍服を着込み、大将の証《あかし》である深紅《しんく》のマントをつけている。

「本日、帝都に帰還しましたゆえ。これまでご挨拶にもお伺いできず、申し訳ございません」

「長旅で疲れたであろう。無理はするなよ」

「そのような柔《やわ》な鍛え方はしておりません。心配はご無用に！　がははは」

いや、心配しているのではなく、社交辞令だからな。

「父上。そのような大声で、殿下に失礼ですぞ」

「む、マークか」

「殿下。父が失礼いたしました。某はマーク・ガルアミスと申します。ミューレの父にございます」

「ゼノキアである。そう、改まる必要はない。余は気にせぬ」

「ありがたきお言葉にございますが、それでは殿下が侮《あなど》られましょう」

マークは父のオーランドに似ず、かなりの堅物《かたぶつ》のようだ。だが、こういう男は嫌いではない。

「マークは小言が多いぞ。殿下がいいと仰《おっしゃ》っているのだ、その言葉に甘えればよいのだ」

「父上……」

マークはオーランドの行動に頭を痛めているようだな。しかし、よくもここまで正反対の性格の親子になるものだ。

「殿下。祖父が申し訳ございません」

「ミューレが謝る必要はない。余は何も気にしていないからな」

「ありがとうございます」

ミューレは父親に似て、生真面目《きまじめ》だな。それに較べ、オーランドはなぜ謝るのだという表情だ。孫娘に気を遣《つか》わせたらダメだぞ。

「殿下。そろそろお時間にございます」

宦官長《かんがん》がそっと耳打ちしてくる。俺は頷きオーランドとマーク、そしてミューレを連れて舞台に向かう。

「ご静粛に願います。皇帝陛下のお成りにございます」

宦官長が声を張り上げると皇帝が現れ、一瞬で会場が静寂《せいじゃく》に支配される。

「アルゴン迷宮の迷宮魔人が討伐された。これで皆も安心して過ごせるというものであろう」

酒が少し入っているのか頬がやや赤い皇帝が、スピーチを始めた。

「さて、今日はもう一つめでたい話がある」

俺を、否《いな》、俺とミューレを手招きする。俺はミューレの手を取ってエスコートする。

「今日の主役、ゼノキアである。そしてその横にいるのは、ゼノキアの婚約者であるミューレ・ガルアミスである」

婚約発表だ。俺も九歳になったし、迷宮魔人を討伐した功績と合わせて発表すれば、一石二鳥らしい。俺が言ったんじゃなく、皇帝がそう言ったのだ。

「ゼノキアが一二歳になる年に、二人の婚儀を執《と》り行うものとする」

貴族たちがざわざわと騒々しくなる。俺に娘をと思っていた貴族にしてみれば、肩を落とす結果となったことだろう。

音楽が奏《かな》でられ、主役である俺とミューレが手を取り踊り出す。

最初の一曲は、俺とミューレにだけ与えられた時間。二人だけの舞踏会だ。

「殿下は踊りもお上手なのですね」

「いや、踊りは苦手だ。剣を振っているほうが、どれだけ楽かしれん」

「まあ、ご冗談を。うふふ」

「冗談ではないぞ。相手がミューレでなければ、踊りなど披露《ひろう》する気にもならぬ。それくらい苦手だ」

「お世辞でも嬉しゅうございます」

「言ったはずだ、世辞は言わぬと」

「そうでした」

頬を染めるミューレの腰を強く引き、彼女との踊りを楽しむ。刺客に警戒ばかりしてきた人生だが、こういうのも悪くはない。

苦手な踊りだが、ミューレとならいつまでも踊り続けられると思うし、踊っていたい。そんな幸せな時間だった。

あとがき

この作品を【小説家になろう】に投稿し始めて二年が経過しました。【カクヨム】でも投稿してますが、この作品をそういったサイトで読んでくださった後に、この本を手にとっている方もいるでしょう。お待たせして申しわけありません。

カバー袖《そで》のコメントにもあると思いますが、最近はＰＣ画面の文字がいくつにも分裂していますね。その調子で文字数が増えればいいのですが、まったく増えてくれません。困ったものですね。（誰のせいやねん）

この作品は王道チート魔法野郎のちょっとした成り上がりの物語です。本来であれば帝位継承権を与えられることのない第一一皇子が、魔法の才能を認められて帝位継承権を持つ親王《しんのう》になります。

魔法と薬の研究をしながら過ごしていた主人公と、その父親の皇帝の思惑《おもわく》が交錯する物語になっていたらいいな、と思いながら書きました。

ダッシュエックス文庫

皇子に転生して魔法研究者してたら
みんながリスペクトしてくるんだが？

なんじゃもんじゃ

2022年12月28日　第1刷発行

★定価はカバーに表示してあります

発行者　瓶子吉久
発行所　株式会社　集英社
〒101−8050　東京都千代田区一ツ橋2−5−10
03(3230)6229(編集)
03(3230)6393(販売／書店専用) 03(3230)6080(読者係)
印刷所　大日本印刷株式会社

ISBN978-4-08-631491-6 C0193

このあとがきを書いている時に、ライトノベルからアニメ化された作品がテレビに流れています。いつかアニメになるような作品を作者も書きたいと思いながら、力不足を痛感して嘆息する日々を送っています。

よい作品を書きたいという熱意はあります。この作品だけでなく色々な作品を書いてますが、熱意があっても読まれない作品は多いのです。これは本当に堪《こた》えます。もっと主人公の魅力を引き出せるような文章が書きたいのですが、なかなか上手く書けません。もうね、本当に嫌になるほど文章の才能がないと落ち込む時もあります。それでもこうして書籍化される作品があることに救われている現実があるのです。

最後に書籍化を決めてくださったダッシュエックスさんと関係各位に感謝し、あとがきとさせていただきます。